Kobiety Uległe

Erika Sanders

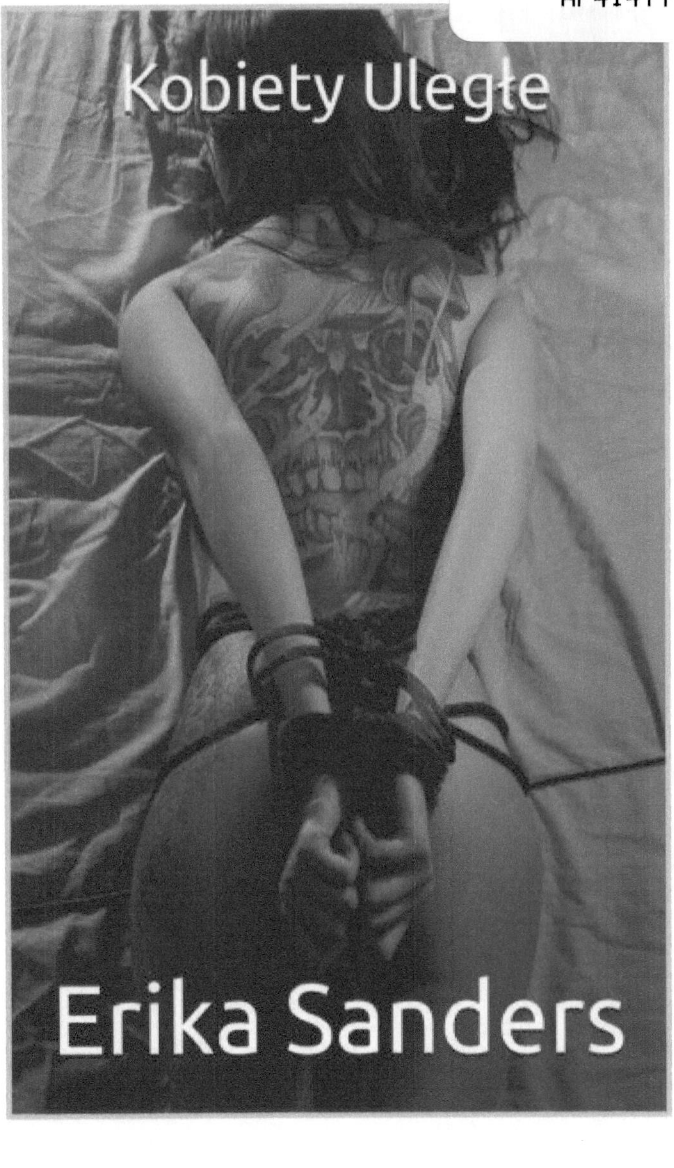

Kobiety Uległe

Eryka Sanders

Kobiety Uległe

Streszczenie

Składa się z następujących powieści:
    Uległa
    Fantastic Girl
    Gra w Rozbieranie Się
    Uległa Latynoska

Kobiety Uległe to powieść z silną erotyczną treścią BDSM i ponownie jest nową powieścią z **Dominacja i erotyczne poddanie**, serii powieści o wysokiej romantycznej i erotycznej treści BDSM.

(Wszystkie postacie mają ukończone 18 lat)

Uwaga do autora:

Erika Sanders jest znaną na całym świecie pisarką, która została przetłumaczona na ponad dwadzieścia języków i, z dala od swojej zwykłej prozy, podpisuje swoje najbardziej erotyczne pisma swoim panieńskim nazwiskiem.

indeks

KOBIETY ULEGŁE
ERIKA SANDERS

ULEGŁA

Chcę ciebie.

Wszystko o tobie.

Od stóp do głów i wszystko pomiędzy.

Twoje ciało, twój umysł, twoja dusza.

Skazy, których nienawidzisz, a ja nie.

Kocham każdą część ciebie, taką jaka jesteś.

Zwłaszcza ten tyłek.

Chcę być z tobą.

Cały czas.

Nie ma znaczenia, gdzie jesteś.

Mój umysł wędruje, wywołany przez myśl lub obraz.

Piosenka.

Twoje inicjały na tablicy rejestracyjnej.

Proste słowo wypowiedziane mimochodem, które ma szczególne znaczenie dla was obojga.

Nieznajomy, który nosi włosy jak ty.

Ubierz się jak ty.

Chcę usłyszeć twój głos.

Kiedy nazywasz mnie swoimi imionami.

Powiedz mi, że mnie kochasz, tęsknisz za mną.

Opisz jak minął Ci dzień.

Zapytaj mnie o moje i wyraź swoją opinię.

Podziel się tym, co robimy lub planujemy.

Nawet przyziemne.

Uwiedź mnie późno w nocy, kiedy leżę nago w łóżku w ciemności, a ty jesteś daleko.

Bądź dla mnie surowy, kiedy się rozpieszczę i dąsam się, żeby odłożyć słuchawkę do spania lub przygotować cię do pracy.

Chcę zobaczyć twoje wnętrze otwarte na piśmie.

Delektuję się każdą nową wiadomością i zdjęciem.

Przeglądam wcześniejsze rozmowy.

Pamiętam, że kiedy nie jesteśmy fizycznie razem, wciąż o mnie myślisz.

To może być tam za dotknięciem palców.

Twoje słowa są mocne, chociaż nie ma dźwięku; Dotykają mnie w tle, jakbyś powiedział mi je bezpośrednio do ucha.

Chcę omówić z tobą moje powieści.

Proszę, daj mi pomysły, gdy będziemy przeprowadzać burzę mózgów na temat fabuły i imion postaci.

Wyeliminuj problematyczne obszary.

Zawroty głowy od komentarzy i opinii fanów.

Uspokój mój gniew i zakłopotanie, gdy czytelnicy bez twarzy i bez serca krytykują moje opowiadania bez powodu.

I kontynuuję pisanie kolejnego dnia z twoją zachętą.

Chcę być przez ciebie oswojony.

Gotować i zajmować się domem.

Załatwiaj sprawy.

Idź potańczyć, obejrzeć film i wybrać się na wycieczkę.

Po prostu przytul się i zdrzemnij się na kanapie w deszczowy weekend.

Dzwoniąc do mnie chętny do kochania się pod stosami koców w łóżku przez cały dzień.

Śpiąc w nocy w swoich ramionach, a rano budząc się obok siebie.

Prysznic razem.

Uprawiać seks na zgodę, kiedy się kłócimy.

Chcę być przez ciebie całowany.

Wielokrotnie.

Zarówno czule, jak i gwałtownie.

Wiesz, jak się ze mnie naśmiewać.

Zaspokój mnie.

Obudź mnie swoimi ustami, zębami i językiem.

Żebym płakała i jęczała.

Błagać.

Moje ciało drży.

Chcę robić z tobą perwersyjne rzeczy.

Uczestniczyć w posiłkach i imprezach.

Zdobywaj przyjaciół w swoim stylu życia.

Weź udział w grach seksualnych na imprezach.

Odkryj więcej sekretnych życzeń.

Uwolnij nasze zahamowania.

Poznaj nasze ciemniejsze strony.

Zabieranie się nawzajem na szczyt wzlotów, a następnie pocieszanie się nawzajem, gdy spadamy do najniższego z dołków.

Chcę być przez ciebie zdominowany.

Warknął, bo jestem twój.

Sprawiasz, że mój puls przyspiesza, a oddech zatrzymuje się, kiedy słyszę twoje rozkazy.

Cichy lub nagły, obie sytuacje sprawiają, że się rumienię.

Naprawdę chcę, żebyś przygwoździł mnie do ściany z kutasem między nogami, przyciśniętym do mojej cipki.

Że każesz mi się pieprzyć... by przychodzić tylko wtedy, gdy tak każesz.

Nie mam wyboru i muszę się poddać, kiedy torturujesz moje uszy, szyję i piersi swoimi ustami.

Lub kiedy czuję twoje ręce na moim ciele, kiedy ty domagasz się swoich.

Moja klatka piersiowa pęcznieje z dumy, kiedy mówisz, że jestem „dobrą dziewczynką”, robiąc to, co chcesz.

Chcę być przez ciebie związany.

Fizycznie.

Umysłowo.

Rękami, kajdankami lub linami.

Moje nadgarstki trzymane w twoim uścisku nad moją głową lub przymocowane do wezgłowia łóżka.

Ograniczone nogi, razem lub osobno.

Moje ruchy i odruchy kontrolowane.

Jakakolwiek szansa na dotknięcie cię wyeliminowana.

Opaska na moich oczach, żebym nie widział, co zamierzasz mi zrobić.

Chcę być przez ciebie pieprzony.

Naga i przytłoczona twoim ciałem, kiedy mnie odsuwasz.

Stojąc wolny od ograniczeń bez dotykania któregokolwiek z was, używając tylko twoich słów, abym się wił i jęczał, podczas gdy pysznie rujnujesz mój umysł.

Lub proste, lekkie dotknięcia, które wywoływały wielokrotne orgazmy bez względu na to, gdzie gładzisz moje ciało.

Chcę, żebyś mnie wykorzystał.

Przeciąganie z miejsca na miejsce do woli.

Przytłoczony, kiedy walczę.

Mój goły tyłek walił, kiedy mnie trzymałeś.

Moje zabawki użyte na mnie... przez ciebie.

Twoja ręka chwyta moje włosy na karku.

Naciskając lekko na moim gardle, gdy patrzysz mi w oczy.

Żeby mi przypomnieć, kto tu rządzi.

Chcę przestrzegać twoich zasad.

Kiedy jesteś poza moim zasięgiem, dają mi coś, na czym mogę się skupić.

Są one definiowane z myślą o moim najlepszym interesie.

Wiem, że zostaniesz odpowiednio ukarany, jeśli je złamię.

Że ufasz mi, że będę z tobą szczery, kiedy nie będę ci posłuszny.

Chcę, żebyś mnie pocieszył.

Przytulony do ciebie, kiedy jestem przytłoczony lub mam zły dzień.

Moje włosy pieściły i całowały, a moja głowa leżała pod twoim podbródkiem na twojej klatce piersiowej.

Uspokojony twoimi słowami i twoimi ramionami wokół mnie.

Kołysany, aż łzy się zatrzymają.

Chcę się tobą zaopiekować.

Aby cię przytulić, gdy jesteś smutny, zmęczony lub chory.

Będę twoją siłą, kimś, na kim możesz się oprzeć, bo nawet Dom może mieć chwile słabości.

Jako twój zastępca, jestem tu dla ciebie w każdej sytuacji, w której mnie potrzebujesz.

Aby cię zadowolić lub złagodzić twój ból.

Chcę tych wszystkich rzeczy i więcej.

Ponieważ jestem uległa w ten sposób.

jak ty dominujący ...

FANTASTIC GIRL

CZĘŚĆ PIERWSZA
ROBERT I MONIKA

21

Sześć lat temu

Mamy wiosnę, uczniowie z niecierpliwością czekają na nadejście lata, wyjazdów, romansów. Wszyscy myślą nie o książkach, ale o tym, co zrobią, gdy lekcje się skończą.

W klasie, jak wielu innych, Monika i Robert siedzą przy ławkach. Znają się od pierwszego roku. Są przyjaciółmi.

ONA: Monika; 15 lat; córka 2 rolników; ciemne włosy, ciemne oczy.

Cechy wyróżniające: piękny; natura była dla niej bardzo hojna: wspaniała twarz, dwoje baśniowych oczu, gładka i nieskazitelna skóra, piękne, umięśnione i dobrze uformowane ciało, jeszcze nierozwinięte, ale imponujące jędrnością piersi; Do tego dochodzi fakt, że od dziecka zawsze miała zwyczaj dojeżdżać do szkoły pieszo lub rowerem, biorąc pod uwagę złą sytuację materialną jej rodziców, którzy codziennie pokonywali wiele kilometrów; ponadto często i chętnie pomagała rodzicom przy pracach polowych; kiedy tylko mogła, lubiła relaksować się, pływając w małym jeziorze w pobliżu jej domu. Rezultatem jest piękna dziewczyna, która zapiera dech w piersiach na sam widok z daleka.

Nie radzi sobie zbyt dobrze w szkole, nie lubi dużo się uczyć. Z drugiej strony celuje we wszystkich dyscyplinach sportowych – nawet chłopcy nie mogą jej dorównać.

Ma nadzieję, że skończy studia, znajdzie uczciwą pracę, która jej pomoże, znajdzie chłopaka swoich marzeń, a później założy rodzinę; jej marzeniem byłoby jednak zostać uznanym sportowcem. Z tego powodu, kiedy tylko może, trenuje, biega, pływa, uprawia gimnastykę samotnie na boisku (nie stać jej na siłownię).

ON: Robert, 15 lat, syn 2 profesorów uniwersyteckich; brązowe włosy, niebieskie oczy. Po rodzicach odziedziczył niezwykły umysł; Mógł uzyskać ponadprzeciętne stopnie bez nauki, ale jego rodzice chcą dla niego jak najlepiej: odkąd był dzieckiem, zmuszali go do nauki 4 różnych języków i uniemożliwiali mu prawdziwe życie towarzyskie;

rezultatem jest bardzo inteligentny, ale nieśmiały i introwertyczny chłopiec; Rówieśnicy często dokuczają mu z powodu jego wyglądu: niezbyt wysokiego, trochę grubego, absolutnie wykluczonego z jakiejkolwiek aktywności, która nie wymaga zdrowego rozsądku, budowy ciała, która nie jest już wyjątkowa, dodatkowo zrujnowana przez lata spędzone w książkach i przy komputerze. Nigdy nie miał dziewczyny i zdaje sobie sprawę, że trudno będzie ją znaleźć, biorąc pod uwagę jego trudności w kontaktach z innymi; zawsze był trochę zrezygnowany.

Twój pierwszy dzień w szkole .

Obaj są spóźnieni, siedzą przy jedynej wolnej kasie; dla niego to miłość od pierwszego wejrzenia; nigdy nie widział takiego stworzenia; bycie blisko niej sprawia, że zostaje w siódmym niebie; jest jednak świadomy, że nigdy go nie będzie miał. Już szykuje się do spotkania z nią, kiedy będzie siedział w innym miejscu, kiedy ona uśmiecha się do niego i prosi o wyjaśnienie formuły, której nie zrozumiał: on z kolei uśmiecha się i wyjaśnia formułę z rozbrajającą naturalnością.

Stają się przyjaciółmi; Monika widzi w nim czułego i wrażliwego chłopca, przyjaciela; powstaje między nimi rodzaj milczącej umowy; Robert staje się czymś w rodzaju szkolnego „korepetytora" i nie szczędzi wysiłków w nakłonieniu jej do nauki najtrudniejszych przedmiotów: posiadanie jej przy sobie to dla niego marzenie.

Często spotykają się wieczorami, aby razem uczyć się.

Monica w swojej naiwności nie zdaje sobie sprawy z uczucia, jakie czuje Robert; z drugiej strony wszyscy chłopcy patrzą na nią w określony sposób, a on, będąc bardziej powściągliwy, nie daje po sobie poznać tego, co czuje; traktuje go jak przyjaciela i tyle.

Z kolei Robert z czasem zaczyna przeklinać samego siebie: powiedzieć jej, co czuje i zaryzykować utratę jej na zawsze, czy nadal ją tak mieć?

Czas ukończenia studiów - trzy lata temu

Monika stała się jeszcze piękniejszą dziewczyną niż wcześniej: teraz jest bardziej kobietą. Jej kobiecość jest najbardziej widoczna w jej kształtach, jej wspaniała twarz jest bardziej uformowana. Jej umiejętności sportowe uczyniły ją sportowcem kompletnym na poziomie krajowym; Po doskonałych wynikach we wszystkich dziewczęcych sportach w szkole średniej została zawodową gimnastyczką; teraz jego celem jest próba ukończenia szkoły średniej z godnością, aby całkowicie poświęcić się sportowi.

Wiele zawdzięcza w tym Robertowi, który bardzo jej pomagał, często nawet wykonując jej kopię w pracy klasowej; faktem jest, że widzi, że jest szczęśliwy, mogąc jej pomóc, i nie widzi w tym nic złego.

W swojej naiwności nie zdaje sobie sprawy, co on do niej czuje.

Również dlatego, że od kilku dni spotyka się z chłopakiem, w którym się zakochuje... cóż, przynajmniej wygląda na to, że się zakochuje, klasyczne rzeczy, które zdarzają się w okresie dojrzewania. Spotykają się wieczorami iw weekendy, ale to jeszcze nie jest oficjalne. Przyciąganie między nimi jest silne, prawie zawsze się kochają, istnieje silne zrozumienie.

Ostatnio rzadko widywała Roberta, jest już dość zaawansowany w nauce, już go nie potrzebuje; A potem robi się nudno

Robert dorastał, zwłaszcza w scholastyce. Zdobył kilka stypendiów, zwłaszcza w dziedzinie informatyki, elektroniki i programowania.

Wiele prestiżowych firm już ocenia Cię pod kątem rozmów kwalifikacyjnych i ofert pracy.

Jest geniuszem, udaje mu się bardzo dobrze we wszystkim, o czym można pomyśleć.

Ale on jest smutny.

Jego umiejętności nie robią wrażenia na kobiecie jego marzeń, która teraz stała się obsesją. W desperackiej próbie zdobycia punktów zapisał się do miejskiej drużyny piłkarskiej, mając nadzieję, że zbliży się do zainteresowań Moniki... z katastrofalnym skutkiem. Opuścił drużynę i kpił z Felixa, kapitana.

Jest pogodzony z myślą o jej utracie, ponieważ sama uczy się uczyć, a przede wszystkim wejdzie w świat sportu, aby opuścić swój.

Czasami okazuje się, że jesteś wobec niej wytrwały:

„Jesteś pewien, że nie chcesz, żebym ci pomógł na sprawdzianie z geometrii? Naprawdę, myślę, że potrzebujesz pomocy, każdemu jest ciężko..."

Ucisza go „słuchaj, nie nalegaj, to mi wystarczy, ja też się uczę, dziękuję, ale nie nalegaj".

To są teraz wspólne rozmowy między wami.

Dwa lata temu

Monika nie lubi się uczyć, zwłaszcza pod koniec maja. Woli pływać, spacerować...

Robert wie, że powinien się poddać, ale obsesja jest od niego silniejsza.

Nie możesz nie przeszukać Internetu w poszukiwaniu wszystkich jej zdjęć pobranych z artykułów sportowych, stworzyła swój własny folder osobisty.

Bardzo dokładnie zachowało się zdjęcie z artykułu o mistrzostwach regionalnych, na którym jest przedstawiona w całej okazałości, owinięta w ciasny, nie pozostawiający wiele wyobraźni garnitur, zrobiona podczas ćwiczeń z masą własnego ciała, podczas wykonywania jakiegoś brydża, podkreślając Twoje kształty i mięśnie.

To nie może trwać.

Musisz iść do niej i porozmawiać z nią, wyrazić to, co czujesz.

Decydujesz się do niej zadzwonić, umówić się na spotkanie, koniecznie musisz z nią porozmawiać:

...

Monica: „ale przepraszam, jeśli to takie ważne, powiedz mi coś przez telefon"

Robert: „Cóż, mówienie tego przez telefon jest krępujące, powiedzmy, że chodzi o nas dwoje, oto jestem..."

Monika: Co!? My oboje? Słuchaj Robercie, ty i ja jesteśmy przyjaciółmi, nic więcej, jeśli to właśnie chciałeś mi powiedzieć, unikaj przychodzenia!

... ty ... ty ... ty ... ty ...

Jest wyraźnie zdenerwowana, jest zajęta tej nocy i nie może zrozumieć faktu, że Robert był przy niej przez cały ten czas z ukrytymi motywami; A ostatnio stał się zbyt natarczywy

Robert jest zniszczony.

Teraz wie, że stracił ją także jako przyjaciółkę.

Nie poddaje się, postanawia pójść do niej po wyjaśnienia, przynajmniej chce, żebym znów z nim porozmawiała.

Znasz ścieżkę, tyle tylko, że wydaje się bardzo krótka w porównaniu do zwykłej: co powiesz? Jak rozpocznie się przemówienie? Teraz odgadłeś prawdę i straciłeś ją na zawsze. Jak temu zaradzić?

Zbliżając się do wejścia do domu, słyszy szum wody w stawie przylegającym do domu Moniki.

Robert wie, że uwielbia pływać po południu, aby zachować formę.

Jest od niego silniejsza, zamiast zapukać do drzwi, podchodzi do stawu z zamiarem zapukania do niej.

"Monika..."

Nie możesz tego usłyszeć, jest pod wodą.

Podczas pływania Robertowi udaje się zobaczyć ją w całej jej urodzie; jej ciało wydaje się być zrobione z marmuru, ale zachowuje niesamowitą falistość i kobiecość. Porusza się po wodzie z wdziękiem i mocą jednocześnie.

W tym momencie jest wśród drzew i kiedy już ma ją ponownie zawołać, widzi ją wychodzącą z wody...

Głos uwiązł mu w gardle.

Nigdy tego nie widziałem.

Ona jest naga.

Zbliża się do brzegu, wychodzi w całej okazałości, krople wody rysują piękne ścieżki na całym jego ciele, a on wychodzi i kręci sobie włosy. Pełne, ale jędrne piersi poruszają się kręto wraz z mięśniami piersiowymi; W brzuchu wyróżnia się wyrzeźbiony abs od lat ćwiczeń. Kończyny są ostre, długie, ale także wyraziste i muskularne. Jego ciało jest hymnem doskonałości. Kiedy zbliża się do brzegu, Robert widzi całą swoją nagość i pozostaje nieruchomy, nie mogąc wydać z siebie żadnego dźwięku.

Ale dzieje się coś nieoczekiwanego.

Ona nie jest sama.

Robert słyszy śmiech za krzakiem, do którego zmierza Monica.

Teraz stracił ją z oczu, ale słyszy śmiech, jęki rozkoszy i jeszcze więcej śmiechu.

„Moniko, myślę, że powinnaś szczerze porozmawiać z Robertem, powiedzieć mu, że jesteśmy razem i przestać go zdradzać, taka dziewczyna jak ty rozkochałaby w sobie każdego..."

„Ale nie sądziłem, że miał jakieś ukryte motywy... to... po prostu ostatnio stał się natarczywy, niewytłumaczalnie zazdrosny, zaborczy, to sprawia mi wiele kłopotów... ja... ja nie wiem, jak mu powiedzieć, wydaje się, że nie rozumie. Może powinienem był wiedzieć dawno temu

.

„Lepiej wyjaśnić jak najszybciej, jeśli ty tego nie zrobisz, ja to zrobię"

„Nie martw się, czy jesteś zazdrosny? Jak mogłem coś do niego czuć? Na początku przynajmniej myślałem, że jest miły, przyjacielski, ale teraz myślę, że rozumiem jego prawdziwe intencje; a potem fizycznie... tutaj ... jest odrażający... na pewno nie taki jak ty ...

Obaj się śmieją.

Przestają rozmawiać i znów zaczynają się całować i przytulać.

Robert jest po prostu przerażony.

Po tych wszystkich latach, kiedy był z nią blisko...

Te słowa go uspokajają.

Chciałbyś wykrzyczeć swój gniew i frustrację całemu światu, ale niewygodne byłoby dać się usłyszeć w tym momencie.

Najbardziej logiczną rzeczą jest odejście w ciszy i jest to decyzja, która jest prawie jasna w umyśle.

Idąc w górę brzegu, z wieloma trudnościami, szuka ścieżki mniej stromej niż poprzednio; robiąc to, potyka się o gałąź z wynikającym z tego łomotem.

„O rany, słyszałaś to Moniko?"

- Chyba tak! Kto to może być? Czy ktoś przyszedł nas szpiegować?

Ubierają się jak najmniej i wędrują po drzewach w poszukiwaniu intruza.

Robert ucieka, w tym momencie zaczyna biec ukradkiem, ale mężczyzna jest na nim w kilka sekund.

W mroku rozpoznaje kapitana szkolnej drużyny piłkarskiej.

Feliks.

"Robercie?"

- Co? Nie mów mi, że przyszedłeś tu, żeby nas szpiegować!

„... nn... nie... proszę państwa, to nie jest tak, jak myślicie, Moniko... ja... przyszedłem tu tylko po to, żeby z wami porozmawiać, usłyszałem hałas i przyszedłem nad jezioro, ty nie słyszał mnie, ale zawołałem cię ... "

Uderzenie w szczękę odcina go nagle.

„Jesteś jakimś bezużytecznym robakiem, teraz nauczę cię szpiegować MOJĄ dziewczynę"

„... nie, Feliksie, proszę..."

Kolano przy brzuchu ucisza go jeszcze bardziej.

Robert leży na ziemi, bezradny.

Ale bardziej niż fizyczny ból, to rozdzierające upokorzenie, które cierpi, sprawia, że cierpi.

Monica bierze Felixa za rękę, zanim ponownie go uderza.

— Przestań, Feliksie!

Robert ma oddech. Być może Monika chce go posłuchać, świadoma wszystkich wspólnie spędzonych popołudni.

Nic nie jest dalsze od rzeczywistości.

Podchodzi do niego, półnaga, w samej bieliźnie i lekkim, wciąż mokrym podkoszulku do łazienki.

Kontrast między nią, wysoką, ładną, mocną, zdrowego koloru, trochę opaloną... a nim leżącym na podłodze, zgarbionym nad sobą, szczupłymi barkami i ramionami, brzuchem rosnącym do pasa, konsekwencją lat stoi na zewnątrz. przeszłość, studia.

Ona jest ponad nim i widzi ją jako anioła na ratunek.

Senna wizja, fantazjuje o całowaniu jej, przesuwaniu dłońmi po tym fantastycznym ciele, leżeniu na bezludnej plaży, z nią na zawsze.

Monika przywraca go do rzeczywistości. Podnosi go jedną ręką za koszulę, patrzy mu prosto w oczy.

„Felix, nie ma sensu brudzić sobie rąk tym niczym, uderzenie go skończyłoby się tylko kłopotami. Co do ciebie, podgatunku mięczaków, nigdy więcej się do mnie nie odzywaj, byłem tak naiwny, myśląc, że jesteś blisko mnie przyjaźnie, ale byłbym pewien, że musiałbym od razu zrozumieć, z czego wynikały wszystkie twoje nalegania, zazdrość, obsesja; Wypisz sobie dobrze ten głos i tę twarz, bo już nigdy się do mnie nie odezwiesz. Dzięki Bogu wyjeżdżam w przyszłym tygodniu , udać się w miejsce, gdzie mam nadzieję, że nie ma nikogo chętnego do zaoferowania mi pomocy „bezinteresownie", a potem szpiegowania mnie w moim zaciszu".

Zniknie.

– Chodźmy do domu, Felixie. "

Robert na ziemi, nie mogąc obejrzeć się za siebie, zalany łzami czołga się do domu.

Fizyczny ból jest prawie nie odczuwalny.

CZĘŚĆ DRUGA
SONIA I MONIKA

31

3 lata temu

Ona: Sonia, 18 lat, jej ojciec pracuje jako pracownik, matka jest nauczycielką biologii molekularnej. Dwóch dobrych ludzi. Ona nie jest piękna. Drobna, blada, to nie ma większego znaczenia, jest wystarczająco kobieca, ale na pewno nie prowokująca. Jest inteligentną dziewczynką, po mamie odziedziczyła wielką pasję do biologii i genetyki.

Bardzo powściągliwa i skromna, nigdy nie miała chłopców, nie tyle ze względu na swój wygląd fizyczny, nie żywiołowy, ale nie naganny, ale dlatego, że NIE interesuje się chłopcami.

Jego zainteresowania ograniczają się do czytania, badań, genetyki. Zimna, wyrachowana i nietowarzyska dziewczyna.

I subtelnego, wrodzonego i niewytłumaczalnego sadyzmu.

Często zdarza się, że udaje się do laboratorium, w tajemnicy przed matką, szukać zwierzęcia i torturować je bez konkretnego powodu. Lubi to poczucie władzy nad ofiarą i obserwowanie nieudanej próby ucieczki przed przeznaczeniem ze strony najsilniejszych okazów.

A dzięki zdolności mierzenia swojego okrucieństwa nigdy nikogo nie zabił.

Twoje ulubione ofiary są najbardziej żywotne i odporne, więc możesz starać się bardziej bez trwałych konsekwencji.

W tym sensie nigdy nie myślała, że mogłaby torturować jakikolwiek okaz ludzki, chociaż pomysł ten bardzo ją kusi.

Do tego dnia.

Mamy kwiecień dwa lata temu .

Sonia niechętnie przygotowuje się do pójścia na lekcję gimnastyki z koleżankami z klasy.

Śmiertelna nuda plus spory wysiłek.

Na rozgrzewkowych okrążeniach na siłowni zawsze zostaje w tyle wraz z Robertem, szkolnym wszechwiedzącym. Od czasu do czasu rozmawiają ze sobą, wymieniają dwa słowa, rozmawiając o tym io tamtym. Najwyraźniej nie czują żadnego wzajemnego pociągu, dotrzymują towarzystwa tylko w godzinach pracy siłowni.

Uważa go za bardzo inteligentnego i zgadza się z nim w wielu aspektach życia codziennego.

Nie rozumie tylko jednej rzeczy: uczucia, jakie żywi do Moniki, tej gimnastycznej, aroganckiej, głupiej i przede wszystkim nieczułej, postrzeganej jako „wykorzystywanie" biednego Roberta. Nie rozumie, jak można tak dokuczać inteligentnemu facetowi, a jednocześnie być wytrwałym i upartym w swojej obsesji.

Jego jest czystą pogardą.

Jednak jest coś, co miesza mu uczucia: ciało Moniki. Czy to możliwe, że natura jest tak kpiąca, że tak powierzchowną, nieczułą i głupią osobę zamyka w tak doskonałej skorupie?

Czasami w szatni zdaje sobie sprawę, że patrzy na nią dłużej niż powinien, ale nie rozumie dlaczego.

Ta głupia godzina na siłowni dobiega końca, tylko czekanie na ostatnie ćwiczenie na rurze, a potem pójście na sprawdzian z biologii, który skończy się za dziesięć minut, przez zwykłego geniusza Roberta, a potem wszyscy inni, którzy potrwa to trochę dłużej.

To ta mała suka Monica uparła się, że chce wspiąć się na słup, oczywiście głośno wiwatując przez wszystkich.

Gdy Sonia na próżno próbuje się wspiąć, Mónica mimowolnie ją uderza, powodując, że uderza nosem w słupek, wywołując ogólny śmiech.

„Cicho chłopaki, chodźcie, zróbcie to ćwiczenie szybko, jesteśmy już spóźnieni..."

- Przepraszam... - mówi Monica iz niemal zwierzęcą lekkością wspina się na górę, a potem równie szybko schodzi.

„Przepraszam, ty cholerny głupcze"... tak myśli Sonia, ale tylko myśli. Trzymając się słupka udając daremny wysiłek wdrapania się, obserwuje Monikę na sąsiednim słupie: biały T-shirt, ciemne spodenki (jak w szkolnym mundurku), widoczne majteczki i stanik. W miarę jak część spodenek idzie do góry, opada w wyniku kontaktu z kijem, odsłaniając czarne stringi i część jej białawych pośladków, które kurczą się z wysiłku. W drodze na dół jednak to koszula jest uniesiona, odsłaniając pępek i płaski brzuch. W momencie, gdy schodzi z rury, wykonuje gest uniesienia koszuli, aby wytrzeć twarz, ukazując doskonałość swojego brzucha.

W tym właśnie momencie Sonia widzi siebie w swoim laboratorium ze swoimi instrumentami i Monikę półnagą, spoconą i dyszącą, unieruchomioną na stole z różnego rodzaju sznurkami i paskami, podczas gdy ona czeka na wykonanie swojej pracy, próbując wić się w różnych sposoby jak zwierzę laboratoryjne ... „wymówki nie wystarczą, ty obrzydliwa suko, teraz uczę cię edukacji".

Słyszała o orgazmie od swoich koleżanek i faktycznie, delikatnie się pogłaskała, odczuwając subtelną przyjemność.

Ale w tym momencie wyobrażenie sobie tej sceny, gdy ona trzymała się słupa, sprawia mu druzgocącą przyjemność, jakby musiał się powstrzymać, żeby nie krzyczeć.

Od tego dnia jego życie się zmieniło, widzi Monikę jako potencjalną ofiarę swoich fantazji i czerpie z tego przyjemność.

Zwierzęta już nie wystarczają.

Kilka tygodni później .

Jak głupio czuje się Sonia.

Jej obsesja na punkcie Moniki pozbawiła ją jasności.

Powinna była sobie wyobrazić, że nikt nie zadowoli jej swoimi niegodziwymi grami.

I nie powinien był zapraszać Moniki do swojego domu.

Z drugiej strony nie stawiał oporu. W łazience po zajęciach znalazł ją przed nią po raz kolejny, tym razem nagą, gdy brała prysznic.

Podczas gdy Monika mydlała się z zamkniętymi oczami, Sonia zjadała to ciało w każdym calu, zazdrościła przez chwilę tej gąbki, którą myła.

Kiedy fantazja przebiegła mu przez głowę, inne dziewczyny zauważyły fiksację Soni i zachichotały.

Po pięciu minutach zostali sami.

Monica: „Dlaczego tak długo to trwa? Myślałam, że tylko ja lubię długie prysznice...”

„... jak? O tak... cóż, to jest relaksujące.”

Już miał wyjść i zakręcić krany.

"Hej Monica, masz trochę mydła na tyłku"

„Uch, dzięki! Co za duch obserwacji! A teraz wyjeżdżam, że dziś wieczorem mam bieg przełajowy, jeśli wygram też z chłopakami, ustanowię nowy rekord, wiesz?”

„Hej, jesteś bardzo wysportowana i ładna”

„Dziękuję” uśmiecha się, nie wyobraża sobie złośliwości ze strony wielu mężczyzn, a tym bardziej kobiety.

„Przy okazji, czy wiesz, że wielu sportowców stosuje elektrostymulację? Korzystasz z niej?

- Cóż, na razie nie, chociaż słyszałem o tym; niewiele o tym wiem.

"Naprawdę? Chcesz do mnie przyjść? Mam kilka urządzeń, wiesz, do nauki biologii. Mogę ci je wypróbować..."

Poszła do jego domu.

Jak dwoje przyjaciół.

Sonia nie odważyła się mu powiedzieć, że używa tych narzędzi do swoich sadystycznych zabaw ze zwierzętami laboratoryjnymi.

Zamknęli się w pokoju.

"Teraz. Rozbierz się..."

"Przepraszam?"

Sonia nie była zbyt towarzyska i nie rozumiała, że kilka poszlakowych słów jest zazwyczaj w dobrym guście, zanim przejdzie do rzeczy.

- No... no... nie byłeś tutaj, żeby wypróbować elektrostymulatory? Muszę je wszędzie aplikować. Możesz zostać w samej bieliźnie i staniku, jeśli chcesz.

Monika trochę poirytowana zaczęła się rozbierać, bo w zasadzie po to przyszła, żeby nie robić zamieszania.

Sonia prawie straciła kontrolę, kiedy podniosła koszulę. Prawie nawiedzonymi oczami wpatrywał się w swoją nową laboratoryjną świnkę morską.

„...słuchaj, wczoraj przebiegłem trzydzieści kilometrów, jestem trochę zmęczony, może nie moglibyśmy najpierw spróbować tych twoich rzeczy gdzieś, a potem zobaczyć, czy to boli?"

Trzydzieści kilometrów i jest trochę zmęczona, pomyślała Sonia; doskonały sportowiec; w tym egzemplarzu mogę przetestować wszystko i jeszcze więcej... i już jego umysł pogubił się w idei wszystkiego, co mógłby przetestować na kobiecie takiej jak ta: testy zmęczenia, przedłużone stymulacje przyjemności zmieszanej z bólem, kontrola progów, ból. ..

Jej rozmyślania przerwała Monika, która widziała ją jak w transie

"Hej cześć! Sonia, jesteś tu ze mną?"

„o tak, jasne, spróbujmy... na pośladkach, dobrze"

„Buah... Na pośladkach?"

"Dlaczego? Wstydzisz się? Czy mogę ci pomóc..."

Po nałożeniu dużej ilości żelu na elektrody, bardzo starannie, wręcz maniakalnie ułożył je na pośladkach i wewnętrznej części uda.

Soni wydawało się nierealne, że może bezkarnie dotykać tego zwierzęcia i musiała powstrzymać się od zbyt długiego trzymania jego ciała, aby nie wzbudzić w niej podejrzeń. Ale pozycja, w jakiej została ułożona, z rozstawionymi nogami, lekko pochylona do przodu, z jedną ręką przytrzymującą włosy, a drugą spoczywającą na nocnym stoliku, w samej bieliźnie, nie pozwalała nie sprawdzić jędrności jej pośladków i wewnętrzna strona uda.

Monica zauważyła to i wydawała się trochę zdenerwowana.

Wtedy Sonia zebrała się w sobie.

„Ok, teraz wysyłam ci 1-sekundowe impulsy na poziomie 1"

Monica poczuła mrowienie, ale nic się nie poruszyło.

Potem Sonia od razu przeszła na poziom 3.

Monica czuła, jak jej mięśnie kurczą się z każdą sekundą; Początkowo zaskoczyło ją to, potem zaczęło jej się to wydawać niemal przyjemne.

Sonia zauważyła, że jej pośladki i przywodziciele kurczą się i zaczęła przechodzić kryzys. Chciałby ją ogłuszyć, pozbawić jej tego, co jeszcze jej zostało, dobrze ją związać i stopniowo osiągnąć poziom 10 w całym jej ciele.

Ale to była fantazja.

Prawie upadł, gdy w momencie skurczu ledwie usłyszał jęk.

Czy to możliwe, że go lubiła?

Chyba że...

Wpadł na niezdrowy pomysł...

„Słuchaj, skoro chyba ci to smakuje, możemy spróbować na całym ciele?"

„Ach, tak, dobrze"

Umieszczenie elektrod trwało ponad dziesięć minut.

Sonia chciała cieszyć się każdą chwilą, którą dotykało to piękne ciało.

Wszędzie położył elektrody.

Najmniejszy w bicepsie, tricepsie, łydkach.

Te trochę większe w brzuchu, plecach, piersiach, udach, oprócz tych, które już miałam.

Pod nieprawdopodobnym pretekstem, mówiąc, że musi podłączyć „uziemienie sprzętu", skutecznie przypiął ją do ramy, która służyła jako wieszak w laboratorium.

Zdjął też jej stanik, mówiąc, że „dla bezpieczeństwa" musi umieścić w tym miejscu czujniki bicia serca. W ten sposób otoczyła swoje sutki specjalnymi elektrodami i przymocowała część piersiową do ramki.

Rezultatem była Monica związana w kształcie litery X, z praktycznie nagim ciałem, gdyby nie jej małe czarne stringi i elektrody przymocowane do większości jej ciała, z przodu iz tyłu.

„... ale... ale... nie mogę się ruszyć"

„W ten sposób mogę umieścić elektrody tam, gdzie chcę, a przy rozciągniętych rękach i nogach Twoje mięśnie będą lepiej pracować"

Monica niewiele rozumiała i wydawało się to bardzo dziwne, ale ufała temu.

Wszystkie elektrody były podłączone do maszyny, którą Sonia manipulowała fachowymi rękami.

Zaczęło się od poziomów 3 i 4.

Zachwycona tym żywym dziełem sztuki, dowolnie dozowała poziomy i interwały, podziwiając, jak wszystkie mięśnie Moniki są praktycznie do jej usług.

Monica uznała to za trochę dziwne, ale fizyczne doznania były przyjemne.

Było jednak coś, co ją zaniepokoiło w oczach Soni, wydawała się niemal ekstatyczna.

– Cóż, ciekawe, Soniu. Nie pytałam, jak długo zwykle trwają takie sesje. Nie, mówię ci, bo mam dzisiaj randkę i nie chcę...

Uciszył ją knebel, który Sonia w ekstazie włożyła jej gwałtownie do ust, jeszcze bardziej unieruchamiając ją na konstrukcji.

— Zamknij się suko!

Monika, prawie niedowierzająca, próbowała się uwolnić, ale bezskutecznie. Z knebla wydawała niemal zwierzęce odgłosy niekontrolowanej wściekłości, gdy Sonia się do niej zbliżała.

Zaczął ją lizać, całować, skubać każdy punkt jej ciała.

A najbardziej ekscytowały ją wybuchy buntu i odrazy u jej świnki morskiej.

Przez następne pięć minut podniósł poziom do 7 i widział, jak jej mięśnie kurczą się nienaturalnie, a pot dodatkowo zwiększa przewodnictwo elektrod.

Monica przeszła od nastroju najpierw do pełnego niedowierzania gniewu, potem do paniki, a na koniec... prawie do podniecenia. Jak to możliwe, że tak zdeprawowana kobieta dała się podniecić? Co więcej, jego ciało w gwałtownych spazmach mówiło mu co innego.

Sonia zauważyła, że stringi się zamoczyły i uśmiechnęła się diabelsko. Podszedł i zaczął bawić się stringami, aby je zdjąć.

Monika jednak desperacko chciała wyjść z tej sytuacji i zwyciężył rozsądek.

Z niewiarygodnym wysiłkiem udało mu się wyłamać część metalowej konstrukcji i uwolnić prawą rękę.

Potem wyjął knebel i zaczął krzyczeć z całych sił w gardle, zrywając wszystkie elektrody.

Sonia zastała ją przed sobą wolną i otrzymała kopniaka w twarz, po którym zemdlała.

Monika w panice uciekła ze swoim ubraniem.

W chwili jasności pomyślał o zaalarmowaniu policji, gdy tylko wróci do domu.

Teraz Sonia i Monika są na komisariacie.

Monica pozwała Sonię za napaść na tle seksualnym, mówiąc prawdę w każdym szczególe. Jednak dom Soni był odizolowany i nikt nie widział jej wychodzącej w takim stanie ani nie słyszał jej krzyku. Poza tym historia nie była zbyt wiarygodna, bo policji wydało się dziwne, że tak silna kobieta jak ona została unieruchomiona przez szczupłą jak Sonia. A potem „leczenie" nie pozostawiło żadnego śladu na jego ciele, które było teraz w doskonałym zdrowiu.

Sonia przeklinała samą siebie.

Co mu przyszło do głowy?

Atakuj ją w ten sposób.

Z pewnością posiadanie jej, choćby przez kilka minut, było marzeniem, ale teraz?

Monika już nigdy jej nie zaufa.

Nie interesowały go kpiny towarzyszy i opinie ludu. Najbardziej niepokoiła ją utrata kontroli i wepchnięcie w niebezpieczną sytuację.

Z pewnością nie mógł przewidzieć, że szalejąca bestia złamie część metalowej ramy, ale przy takiej budowie ciała...

Obiecała sobie, że w przyszłości będzie tysiąc razy ostrożniejsza. Ponieważ wciąż jest zdeterminowana, aby spełnić swoją fantazję.

Na razie ogranicza się do załatwienia nieprzyjemnej sytuacji: wobec braku dowodów to ona zarzuca Monice, że zaatakowała ją kopniakiem po tym, jak prawie ją rozebrała, by ją uwieść. Wersja Soni, z jej wyglądem typowej dziewczyny z dobrymi manierami, z dobrej rodziny, dotkniętej raną na wardze spowodowaną kopnięciem Moniki, jest bardziej prawdopodobna w oczach policji, która stawia hipotezę ataku Moniki po odmowa Soni.

Po kilku dniach śledztwa, przesłuchiwani ludzie, wszystko kończy się impasem z powodu braku dowodów.

Sonia wydaje z siebie wyzwalające westchnienie ulgi; po przybraniu wystraszonej i oburzonej miny przed komisarzami. Na zewnątrz patrzy Monice prosto w oczy ze złym i pożądliwym uśmiechem, jakby chciał powiedzieć: Widziałaś, głupia dziwko, do czego jestem zdolna? W jego oczach jesteś prawie bardziej winny niż ja. Wiedz, że prędzej czy później zostaniesz MIA...

Monika jest zakłopotana.

Zdaje sobie sprawę, że postąpił naiwnie i lekkomyślnie.

Zaledwie kilka dni temu odkryła, że Robert, jej kolega ze studiów, miał ukryte motywy i przyszedł ją szpiegować, gdy była zażyła z Felixem.

A teraz ten kolega z klasy unieruchamia ją, by ją torturować. Na szczęście miał dość siły, by się uwolnić, w przeciwnym razie... postaraj się nie myśleć o tym, co mogło się stać. Poza tym stanem podniecenia, kiedy była bezradna na łasce tej wariatki?

Lepiej o tym nie myśl i pomyśl o swojej przyszłości jako sportowca, powrocie do treningów.

I bez elektrostymulatorów...

Mały nawias

Tydzień po fakcie.

Monika podzieliła się swoją wersją z koleżankami/koleżankami z klasy. Wiele osób wierzy Monice, jest bardzo kochaną i szanowaną dziewczyną, a nie tylko obiektem zazdrości i pożądania.

Sonia nie ma przyjaciół, jest nieśmiałą dziewczyną. W rezultacie nie przejmuje się pogardliwym wyglądem ludzi. Wrócił do swoich małych zabaw ze zwierzętami laboratoryjnymi i świnkami morskimi.

Dziś planowana jest jednodniowa wycieczka do parku.

Będzie sama, obserwując, jak chłopcy i dziewczęta żartują, grają w gry i zabiegają o siebie nawzajem, w tym Monikę.

Co ciekawe, tego dnia, po kąpieli w jeziorze w parku, grupa dziewczyn zaczęła się z nią spotykać, aby porozmawiać o tym io tamtym.

Razem wybierają się na spacer do lasu.

Kiedy zbliżają się do hałaśliwego wodospadu, przestają mówić.

Sonia jest przerażona wyglądem swoich nieprawdopodobnych przyjaciół.

„Teraz będziesz miał małą lekcję"

Niesiona na skrzydłach, niezdolna do buntu, za skałą, przerażona.

Monika czeka na nią za skałą.

„Wszystko twoje, Moniko, daj jej dobrą lekcję, będziemy stać przy wejściu, żeby nikt się nie zbliżał, chociaż miejsce jest prawie nieznane; za jakieś dwadzieścia minut wrócimy po ciebie; baw się dobrze".

Sonia jest w stanie terroru.

Imponująca i piękna postać przedmiotu jej życzeń wyróżnia się na metr od niej. Ale to nie jest to, czego byś chciał. Sonia chciałaby ją związać, zdać na jego łaskę, teraz są sami i Bóg jeden wie, co się stanie.

Monica zdejmuje szorty i T-shirt, zostając w bikini.

Podchodzi do Soni, która przez chwilę widzi w niej kochankę i pada na kolana, by ją podziwiać.

Kiedy widzi Monikę w takim stanie, przestaje myśleć, wykonuje gest całowania jej pępka.

W odpowiedzi otrzymuje kopniaka w brzuch.

„Teraz rozbierz się, SUKO"

Nie rozumiejąc jego intencji, jest posłuszny bez wahania.

"Całkowicie"

Monica również zdejmuje swoje ostatnie ciuchy.

„Nie wpadaj na dziwne pomysły, suko, nie chcę zamoczyć sobie ubrania"

Dwie nagie dziewczyny stanowią wyraźny kontrast między nimi; piękno i brzydota, siła i kruchość, wybujała zmysłowość i haniebna nieśmiałość.

Monica ciągnie ją za włosy w stronę wodospadu i wrzuca do wody, nurkując za nią.

Bierze ją za szyję i podnosi do góry.

„Teraz w ciągu tych dwudziestu minut dokonam małej zemsty, suko, i mam nadzieję, szczególnie dla ciebie, że nigdy więcej się do mnie nie odezwiesz... ach, nie martw się, nie pozostawię widocznych śladów, abyś mógł się zgłosić Ja"

Sonia patrzy na swoją dawną świnkę morską z nostalgią i podziwem.

Kiedy jest pochylona z rękami na szyi, jej oczy są pełne gniewu. Starając się ją podnieść, napina każdy mięsień w swoim wspaniałym ciele.

Sonia widzi Monikę w całej okazałości iw całej jej wściekłości, nawet jeśli sytuacja jest odwrotna niż ostatnio.

W ciągu następnych 20 minut Monica kilka razy zanurza głowę Soni, doprowadzając ją do granic możliwości. Trzymając go, również uderza go kilka razy. Musisz dać upust swojej złości z powodu tego poczucia bezbronności, które odczuwałeś w domu tej dziwki. A przede wszystkim z powodu tego bezsensownego podniecenia, które czuł.

Nawet w tej chwili zastanawia się, dlaczego musiał się całkowicie rozebrać, strój kąpielowy wyschłby w upale.

A będąc nagą i sam na sam z tą perwersyjną istotą, znów się podnieca.

To rozwściecza ją jeszcze bardziej, powodując, że trzyma głowę pod wodą przez kilka chwil dłużej niż powinna.

Sonia połyka wodę i zaczyna konwulsyjnie kaszleć.

Monica zatrzymuje się, zbiera w sobie.

W tych minutach Sonia cierpi fizycznie, ale wyraźnie wie, że Monica chce dać jej tylko nauczkę. I to ją uspokaja. A widok tej bestii w całej jej furii podnieca ją, myśląc o tym, co może mu zrobić, jeśli jest w odpowiednim stanie.

"Teraz odejdź"

Mówi Monica, trochę zszokowana niewytłumaczalnymi emocjami, które odczuwała tuż przedtem.

Sonia patrzy na nią, ubierając się, zastanawiając się, czy sutki Moniki są tak sterczące od zimnej wody, czy z innych powodów.

Spojrzenia się spotykają i Sonia znów ma ten diabelski blask w oczach.

-Chcę to mieć-

Monica myśli o Soni.

Wychodzi, kaszląc, rzucając morderczym spojrzeniem „przyjaciół" na służbie.

Monica wie, że jej przyjaciele dołączają do niej, kiedy na nich krzyczy.

"Zostaw ją w spokoju!"

Przyjaciele rozumieją trudny moment i wycofują się.

W samotności wodospadu Monica zmaga się ze swoimi instynktami.

Jest naga w wodzie; W ostatnim czasie wydarzenia z Robertem i Sonią uświadamiają mu, jak bardzo ich szokująca uroda oddziałuje na ludzi.

Prawie czuje się winny.

I niewygodne.

Czuje się obserwowana.

Odwraca się w stronę szczytu wodospadu.

Ukradkowy cień ucieka i wycofuje się w krzak.

Monika, wciąż wstrząśnięta tym, co się stało, kolosalnym skokiem szybko dociera do krzaków na szczycie wodospadu i udaje jej się złapać niczego niepodejrzewającego „wielbiciela"... Roberta.

- Jak? Znowu ty?

Monica jest zachwycona tym, jak bardzo jest obiektem niechcianej uwagi.

Robert nie ma nic do powiedzenia, tym razem wie, że się myli i jest to zupełnie nieuzasadnione.

Monica w niekontrolowanej wściekłości uderza go dwoma pięściami i mocno ściska mu kark.

„Cholera! Czy wiesz, czego ode mnie chcesz? Chcę tylko, żebyś zostawił mnie w spokoju. Czy lekcja nad jeziorem nie była dla ciebie wystarczająca?"

Robert, nie mogąc zareagować, leży na ziemi. Ręce jego ukochanej obejmują jego szyję, gdy siedzi na nim naga, okrakiem na nim. Mimo niebezpiecznej sytuacji, widząc tę dziką piękność, nie może powstrzymać się od wyciągnięcia rąk po nagim ciele Moniki, podniecić się, teraz nie ma nic do stracenia.

Monica ledwie rozumie sytuację, a kiedy zauważa wyraźne wybrzuszenie w bokserkach chłopca, odtrącona wyglądem osobnika, daje mu mocnego kopniaka w dolne partie, powodując nieopisany ból.

Jej naga sytuacja na chłopcu na podłodze, w połączeniu z wydarzeniami sprzed chwili, ponownie wywołuje w dziewczynie dziwne podniecenie, niemal zafascynowana jej mocą i siłą oraz wpływem, jaki wywiera na ludzi.

Mocno wypychając tę myśl z głowy, ucieka, zostawiając na ziemi fizycznie unicestwionego Roberta.

To, co mu się właśnie przydarzyło, to gwałtowne kopnięcie, powoduje potworny ból w dolnych partiach ciała.

Obiekt jego pożądania staje się dla niego coraz bardziej nieosiągalny i upada coraz niżej

Ostatnio dowiedział się, co zaszło między Sonią a obiektem jego pożądania.

To bardzo mu przeszkadza. Przede wszystkim zastanawia się, jak Soni udało się przekonać Monikę, żeby tak zamarła. Potem historia z elektrostymulatorami... wstydzi się, podniecając się na samą myśl o tym.

Czuje zazdrość o tę dziwną, szczupłą i brzydką dziewczynę z zamiłowaniem do genetyki: myślał, że ją ma, choćby przez kilka minut i w niegodziwy sposób.

A ile by dał, żeby być z nią sam na sam w tym domu, z nią zupełnie nagą i związaną?

Ale o czym on myśli? Nie, myślenie o tych rzeczach tylko cię zaboli.

Godna rezygnacja jest lepsza.

CZĘŚĆ TRZECIA
MONICA I JEJ KOSTIUM

2018 - Sport

Nikt, kto widział Monikę w ostatnich latach, jej ciało, to, do czego jest zdolna, nawet w rywalizacji z chłopakami, nie będzie miał najmniejszych wątpliwości, że ma ona wszelkie kwalifikacje, by zostać atletą absolutnego poziomu. W wieku 21 lat prawie wydaje się, że czasami przekracza prawa fizyki. Zaskakujące jest to, że świetnie radzi sobie zarówno w dyscyplinach wymagających siły (np. pchnięcie kulą, rzut oszczepem), jak i szybkościowych, np. bieganie; Udaje jej się wyprzedzać czarnoskórych sportowców w dyscyplinach czysto szybkościowych, wywołując zdumienie, podziw, a nawet zazdrość otaczających ją sportowców.

Pływanie pozwala mu zachować formę, ale nawet w tej dyscyplinie przoduje i dorównuje większości chłopaków.

Dyscypliną, w której udaje mu się połączyć wszystko z wyjątkowymi wynikami, jest skok o tyczce, do tego stopnia, że bardziej skupia się na tej specjalności, z odrobiną żalu, że nie jest w stanie rywalizować we wszystkich dyscyplinach (co mógł z łatwością zrobić).

Jej związek z Felixem skończył się dawno temu, mimo przyciągania, jakie odczuwała, nie mogła znieść jego zazdrości; z drugiej strony, widząc siebie w lustrze, rozumie, że żaden mężczyzna nie może przestać jej podziwiać. Ale tak jest lepiej, w tym momencie czuje się dobrze ze sobą i jest wolna.

Tylko z profesjonalnego punktu widzenia czegoś brakuje. To prawda, że przygotowuje się do igrzysk olimpijskich, o których jest już dość głośno, że zaproponowano jej spacer, pozowanie do kalendarzy... ale czuje się niemal uwięziona w tym życiu pełnym treningów i wyścigów.

Chciałoby się mieć więcej satysfakcji.

Narodziny superbohatera

W niedzielę jak każda inna, po spędzeniu soboty na dyskotece z przyjaciółmi i cudownej miłosnej nocy z chłopakiem, którego poznała tej samej nocy, ogląda telewizję i intryguje ją serial, w którym trzy piękne dziewczyny przebierają się w obcisłe garnitur i ... kradną.

Monika nie ma problemów finansowych, choć nie pływa w złocie, ale chęć spróbowania nowych emocji przeważa.

Pewnej nocy zakłada obcisły ciemnoszary kostium kąpielowy.

Nosisz ją bez niczego pod spodem.

Przygotuj również okrycie twarzy, które również przylega do ciała.

Twoją pierwszą „misją" jest zbadanie miasta.

Jak to zrobić nie będąc widzianym?

Z pomocą przychodzą mu zdolności atletyczne... podobnie jak jego oś.

Z okna rezydencji o 2 w nocy schodzi po cichu niezauważona, w czym pomaga też kolor garnituru.

Chociaż nie można go tak dobrze zobaczyć, postanawia przejść przez mniej zatłoczone obszary.

Dachy to miejsca, w których najłatwiej jest mieć wszystko pod kontrolą.

Monika jest z siebie zadowolona: pomysł skakania z sufitu na sufit z pomocą kija, oprócz tego, że pozwala jej mieć sytuację pod kontrolą, pozwala jej trenować jeszcze więcej (jakby tego potrzebowała).

Po pierwszej nocy patrolu przybywają kolejni, ale na razie wygląda to bardziej na zabawę.

Pewnej nocy zdaje sobie sprawę, że grupa przestępców włamuje się do supermarketu.

Zdrowy rozsądek podpowiada, by ostrzec władze... ale Twoja odwaga bierze górę.

Cudownym skokiem ląduje na dachu supermarketu.

Zakrada się przez okno, by zobaczyć, jak czterech mężczyzn w maskach narciarskich opróżnia pudła.

Nie wie, dlaczego się tam znalazła, co może teraz zrobić? Może po prostu ciekawość lub chęć sprawdzenia się.

Jego ruchom pomaga fakt, że światła są zgaszone, a przestępcy nie są świadomi jego obecności. Ale dzieje się coś nieoczekiwanego: ten, który wydaje się być szefem, mówi coś do swojego partnera, który podchodzi do deski rozdzielczej, zapalając wszystkie światła: najwyraźniej zauważył jego obecność.

Z sercem w gardle Monica kuca za ladą chłodniczą, próbując szybko wygrać wyjście.

Jeden z czterech to widzi!

"Hej, przestań..."

Monica próbuje uciec przed mężczyzną i udaje jej się to, ponieważ jest bardzo szybka; Decyduje się wrócić do okna, przez które weszła, mając już kilka metrów między sobą a mężczyzną, gdy za rogiem spotyka szefa i drugiego, oboje z wycelowaną w nią bronią.

"Koniec gry"

Teraz wokół niej jest czterech i Monica przeklina samą siebie za swoją lekkomyślność i głupotę.

"Teraz powiedz mi kim jesteś i co tu robisz w międzyczasie z rękami na głowie"

Teraz, kiedy Monica trzyma ręce nad głową, obcisły kombinezon podkreśla jej krągłe kształty, pulchne i jędrne piersi, wyrzeźbione pośladki, muskularne ramiona, to, że boi się bardziej niż zmęczenie bieganiem, sprawia, że oddycha szybki i duszny. Poczuj na sobie wzrok prześladowców.

„Jesteś kobietą, co? Ciekawe, teraz, gdy celuję w ciebie z pistoletu, zdejmij ten uroczy kostium, zacznij od swojej twarzy, chcę cię zobaczyć w twarz"

Monika nie wie co robić... złodzieje mają maski narciarskie, aparaty nie stanowią dla nich problemu, ale ona... jej rozpoznana twarz, jej zdjęcie w gazetach, jej zrujnowana kariera, ośmieszanie ludzi.. jest sparaliżowany i nie może jasno myśleć.

- Cóż, w tym momencie... wy dwaj, trzymajcie ją mocno.

Obaj podchodzą do niej i chwytają ją za ramiona, trzymając je mocno za plecami; boi się najgorszego.

„Szefie, ona jest trochę wyższa od nas i spójrz na jej ramiona... czy nie lepiej byłoby ją związać?"

„Dość, pamiętaj, że jest nas czworo i że to tylko kobieta, tchórzu"

Szef podchodzi z wycelowanym pistoletem i gestem nakazuje zdjęcie maski.

Monica w tym momencie, kierując się instynktem, wyciąga mocne kolano w kierunku dolnych partii mężczyzny, rzuca z siłą dwóch, którzy ją trzymali, o ścianę, odrywając ich od niej jak dwie gałązki. Potem chwyta obolałą głowę szefa i rzuca nią o ścianę w stronę pokoju, który celował w niego z pistoletu.

Skokiem jest na nich obu, bierze broń i popycha ją, zaczynając uderzać i kopać nieszczęsnych dwóch, aż tracą przytomność.

Pozostali dwaj, trzymający ją za ramiona, rzucają się na nią z dwoma żelaznymi prętami. Pierwszego neutralizuje kopniakiem w nos, ale drugiemu udaje się trafić Monikę w brzuch; z niedowierzaniem widzi, że dziewczyna czuje uderzenie i na chwilę upada, ale po chwili wstaje i rozbraja go. Teraz jako jedyny nie jest nieprzytomny, ale przerażony: kto mógłby stanąć na nogi po takim ciosie?

Monica łapie go za szyję i rzuca nim o ścianę. Ona sama jest zafascynowana jego siłą i mocą. Pamięta sytuację, uczucie z plecami do ściany, z czterema mężczyznami naprzeciw niej, w tym dwóch uzbrojonych, ich chciwe spojrzenia w kierunku jej szarego garnituru, świadomość zwycięstwa, znowu ją podniecają... to samo uczucie które dręczyło ją kilka lat temu. Coś ją niepokoi, mocno ściska szyję ofiary...

Syreny przerywają wszystko.

Monica zdaje sobie sprawę z niebezpieczeństwa wykrycia i szybko ucieka.

„Czekaj... ale kto to, to coś ubrane na szaro, wyglądało jak kobieta... chłopaki, chodźcie tutaj, na ziemi leży czterech nieprzytomnych rabusiów, sprawdźcie to".

Monika jest bardzo szybka, pomaga jej adrenalina.

Dotarł do sufitu, użyj drążka, aby przeskoczyć z jednego na drugi, dźwięk syren zanika.

Po dotarciu do słabo zaludnionego obszaru schodzi z dachów i zaczyna biec na złamanie karku z kijem w dłoni w kierunku rezydencji.

Cudem nie zostaje odkryta i z wielką ulgą wpada do swojego pokoju.

Jest trochę zszokowana, ale nic jej nie jest.

Ale co się z nią dzieje?

On chce zrozumieć.

Podchodzi do lustra, zdejmuje maskę, nadal jest w przebraniu.

Zdejmuje też szary garnitur i patrzy na swoje nagie ciało; jest spocona od biegania. Jej wspomnienia przenoszą się do jej pierwszego „patrolu", potem do spotkania ze złodziejami, wymierzonej w nią broni, jej druzgocącej reakcji... i znowu kilka lat temu... ta niegodziwa dziewczyna, która ją unieruchamia i torturuje. I zobacz tego, którego wypuszczono siłą... tego, który trzyma głowę dziewczyny pod wodą, tego, który bije „podglądacza" Roberta.

Obserwuje się, jak jej ręka zaczyna się pieścić, tarza się po podłodze, mocno ściska piersi... i osiąga niespotykaną dotąd przyjemność.

Ona jest smutna.

Nawet nie szczęśliwy.

Ale lubił spacerować nocą po mieście ...

Dzień po tym, jak wiadomości i gazety opowiedziały o tej historii, w różnych stacjach iw Internecie wielokrotnie pokazywany jest film, na którym ubrana na szaro rzuca się na przestępców i ucieka.

„Złodzieje podczas przesłuchania ujawniają, jak ten„ szary duch ”pojawił się znikąd i jak jego niezwykła siła pozwoliła mu ich znokautować... teraz ludzie już kibicują niezwykłemu superbohaterowi” „Fantastic Girl” to nazwa bardziej popularny ... kto to jest? Czemu on to robi? Jak może być tak silny? Wszystkie pytania, na które w tej chwili nie ma odpowiedzi... ”

Czytając artykuł, Monica uśmiecha się, wiedząc, że nie mogą jej powiązać.

Fantastic Girl lubi...

Oczywiście policja będzie jej szukać, nadal jest osobą, która nie przestrzega prawa, schodząc nocą przez witryny supermarketów i wymierzając sprawiedliwość na własną rękę...

Postanawia poczekać kilka tygodni przed ponownym „wyjściem”.

Grudzień 2018 - Schwytanie

Od narodzin Fantastycznej Dziewczyny minęło już kilka miesięcy.

Monica jest zdumiona, że zewnętrzny komitet na kampusie zebrał szereg dziewcząt w wieku od 16 do 35 lat, o dużej sile fizycznej, mniej więcej tego samego wzrostu i karnacji.

Wizyta odbywa się na boisku lekkoatletycznym, gdzie dziewczyny ustawiają się w kolejce tak, że jedna po drugiej wchodzą i siadają w pokoju, zamieniają kilka słów z panią i zaraz potem wychodzą.

Monica jest zakłopotana, ale po cichu wchodzi do pokoju.

Kobieta po pięćdziesiątce siedzi na krześle z dziwnym telefonem komórkowym na stole (nigdy wcześniej nie widziała tego modelu).

Teraz rozpoznaje kobietę, ponieważ był świadkiem jej przesłuchania do odcinka z Sonią.

Po obserwowaniu Moniki od stóp do głów z dziwnym spojrzeniem, pyta ją o informacje, imię, adres, wiek itp....

Ostatnie pytanie ją zaskoczyło:

„Czy znasz Fantastyczną dziewczynę?”

Monica nie dowierza, co to za pytanie?

Po chwili niezdecydowania:

„Cóż, tak, wiem, że jest jakimś superbohaterem, który ostatnio„ obserwuje ”miasto...”

Pani przerywa jej.

„No tak, właściwie jest pożyteczna dla społeczności, nawet jeśli jest jeszcze wyjęta spod prawa; dlatego policja chciałaby ją przesłuchać, ale nie wydaje się bardzo skłonna do aresztowania; szkoda, policja by lubie z nią współpracować..."

– Rozumiem, ale po co tu przyszedłeś?

„Cóż, to proste, niewiele danych, które mamy na temat Fantastic Girl, to to, że jest kobietą, że jest silna, wysoka, wysportowana i działa w tym regionie... powiedzmy, że zbieramy dane o potencjalnych bohaterkach, nie ma się czym martwić ... "

Pani patrzy na telefon komórkowy.

„Czy jesteś fantastyczną dziewczyną?”

Monica sugeruje sztuczny uśmiech.

- Ale nie żartujmy, oczywiście, że nie!

Pani patrzy na telefon komórkowy.

-Dobrze Moniko możesz iść.

Monica jest zaniepokojona, mimo że nie mają żadnych dowodów, by ją zlokalizować.

W ostatnich miesiącach zawsze była ostrożna.

Jego patrole były bardzo dyskretne, tylko gdy napotkał coś poważnego, jak napady, napady rabunkowe, przemoc, interweniował szybko i śmiertelnie: nie pamięta, ilu rabusiów, gwałcicieli i rabusiów znokautował ze względną łatwością.

Kilka razy wpadła na policję, która miała jednak na celu jej aresztowanie, ale szybko uciekała.

W każdym razie policjanci ścigali ją, mówiąc bardziej z obowiązku; w końcu taki w mieście był dla nich wygodny. Z tego powodu wydaje się jeszcze bardziej dziwne, że jakaś „zewnętrzna komisja" zada sobie trud zrozumienia, kim jest Fantastic Girl.

A potem ta dama wydawała się bardzo, zbyt pewna siebie.

Cóż, w każdym razie nigdy nie zrezygnowałaby z takiego życia: za każdym razem, gdy zakładała ten kostium, było za dużo satysfakcji, za dużo adrenaliny.

W ostatnich miesiącach wyraźnie zintensyfikował swoje treningi, poprawiając jeszcze bardziej (jakby to było konieczne) swoją siłę, a przede wszystkim elastyczność.

Nie wiedział, że jego ciało może zajść tak daleko, odkrył więcej ukrytego potencjału, rozwinął mięśnie w obszarach, których nigdy sobie nie wyobrażał.

A kiedy po cichu schodziła z dachów domów, by zaskakiwać przestępców i ich ogłuszać, choć roztropność podpowiadała co innego, zawsze wolała dać się wykryć, niż pokazać swoją siłę i znokautować czterech, pięciu na raz. Zdumienie nieszczęśników, ich strach i świadomość ich siły wywoływały w nim dziwne doznania, podobne do tych, których nienawidził, gdy był z Sonią czy Robertem.

Dzisiejszy wieczór był jak każdy inny.

Złodzieje w centrum handlowym.

Nie ma cienia policyjnego patrolu.

To jest ich chwila.

Wchodzi iw ciemności widzi siedmiu uzbrojonych mężczyzn.

Tym razem będzie to trudne, ale swoją niezwykłą siłą i zwinnością powalił już ich więcej.

I tak się dzieje.

Pojawiając się znikąd, zaskakuje siedmiu mężczyzn i z łatwością ich powala.

Ale nie widział ósmego, który widział scenę z góry.

Strzałka wbija mu się w ramię; nikt jej nigdy nie uderzył. Po dwóch sekundach jesteś już nieprzytomny.

Tej nocy gliniarze nie wydają się przyznawać, że „złapali" Fantastyczną Dziewczynę, do tego stopnia, że już dyskutują o możliwości nieujawniania, że była już nieprzytomna na ziemi, aby przypisać sobie zasługi i iść jako bohaterowie.

W każdym razie zakuwają ją w kajdanki i zabierają do celi, gdzie czeka na przesłuchanie następnego dnia.

Monica budzi się w swojej celi, skuta kajdankami, w swoim kostiumie i... bez maski.

Jest wściekła, ale na siebie. Zbyt pewny siebie i lekki w działaniu, zbyt pewny swoich walorów gimnastycznych.

Teraz jej tożsamość zostanie ujawniona prasie i niestety wiele rzeczy się w niej zmieni.

Słyszałem kłótnię strażników.

„Po opublikowaniu zdjęć Fantastycznej Dziewczyny prasa rozpuści historię tego, jak ją schwytaliśmy. Dzwoniłem już do znajomego dziennikarza, zdjęcia są w archiwum. Trochę mi jej żal, ale tymczasem po czym co zrobiła dla miasta, żaden sędzia nie będzie miał odwagi jej skazać, nawet grzywny. Tyle tylko, że teraz wszyscy wiedzą, kim ona jest. Monica G. to Fantastic Girl, kto by pomyślał? Jasne, teraz wyjaśniamy siłę fizyczną ...

Hej, przestań, kim jesteś? Nikt nie może tu wejść... "

łomot. Cios. Kolejne uderzenie.

Siedmiu mężczyzn w niebieskich garniturach wchodzi uzbrojonych i otwiera celę, celując w nią dziwną bronią. Trafia ją strzałka i traci przytomność.

Dzień później w gazetach :

REWELACYJNA: Fantastic Girl okazuje się być obietnicą światowej lekkoatletyki Moniki G., uważanej przez wszystkich za niemal kosmitę ze względu na swoje atletyczne uzdolnienia, nie tylko ze względu na urodę. Jednak w dniu schwytania udaje jej się jakoś uciec, być może z pomocy wspólników. Faktem jest, że zneutralizowała dwóch strażników i uciekła. Nikt jej nie znalazł, nie pojawiła się na szkoleniu. Policja wydała już alarm graniczny. Prawda jest taka, że zanim została ukochaną przez wszystkich bohaterką, po zabiciu dwóch funkcjonariuszy jest winny zabójstwa... ”

CZĘŚĆ CZWARTA
ROBERT I SONIA

59

2018 - Kariera, współudział

Kto nie marzył o byciu agentem CIA?

W wyobraźni zbiorowej to one decydują o wydarzeniach o żywotnym znaczeniu, takich jak terroryzm, próby zamachów itp.

Na przykład w filmach nie trzeba już o tym mówić.

Agenci, mężczyźni i kobiety przygotowani na wszystko, bardziej uzdolnieni fizycznie i intelektualnie niż inni, nieugięci moralnie i lojalni wobec swojej ojczyzny.

Niestety (lub na szczęście, w zależności od punktu widzenia) w prawdziwym świecie sprawy mają się zupełnie inaczej.

„Grupa" przede wszystkim nie ma nazwy i nie jest znana zwykłym ludziom.

Jasne, CIA istnieje i wykonuje wiele czynności, które można zobaczyć w filmach.

Ale ten, kto naprawdę wszystko kontroluje, nie może być widoczny dla wszystkich.

A ktokolwiek tam pracuje, nie jest moralnie nieprzekupny, wręcz przeciwnie, szuka się czegoś przeciwnego.

Ale cofnijmy się o kilka kroków.

2017 - Rekrutacja

Sonia nie jest w depresji, jest „w zawieszeniu", czekając na sprzyjającą sytuację.

Po aferze z Moniką ludzie, w przeciwieństwie do znanego w mieście sportowca, unikają jej.

Nie ma dnia, żeby nie przeklinał tego cholernego czwartku, kiedy postanowił zaprosić Monikę.

Oczywiście tego dnia przeżył też największe wzruszenie swojego życia...

Biorąc pod uwagę dyskryminację, której doznała, musiała również walczyć o znalezienie pracy; dlatego jest zdumiona wywiadem udzielonym w sali konferencyjnej najlepszego hotelu w mieście; nie wie, co to jest ani jak nazywa się firma.

„Dzień dobry Soniu"

"Cześć".

Kobieta po pięćdziesiątce wita ją pewnie, z dziwnym blaskiem w oczach.

„Jak to jest być uważanym przez obywateli za perwersyjną sadystyczną lesbijkę?"

„Ja... ja nie..."

„Och, Soniu, nie ma sensu zaprzeczać. Słuchaj, byłem obecny w czasie skargi, kiedy dowiedziałem się o charakterze skargi, pobiegłem do tego miasta i byłem na twoim przesłuchaniu. Spójrz, byłeś bardzo sprytny w zaprzeczając i wymyślając tę historię. że TY odrzuciłeś Monikę, a ona cię uderzyła. Ale ja miałem to... "

Przedmiot podobny do telefonu komórkowego.

„Widzisz, ten przedmiot wskazuje bez możliwości pomyłki, czy dana osoba kłamie, czy nie... a Monika nie kłamała, zapewniam cię"

Sonia była wściekła.

„Słuchaj, nie wiem, czego on ode mnie chce, te żałosne oszustwa pozostawiają mnie obojętnym; jego historia nawet się nie trzyma; gdyby było tak, jak mówi, musiałby interweniować i aresztować mnie po przesłuchaniu, zamiast umorzenie sprawy z braku dowodów"

— A dlaczego miałbym to robić?

- Ale... przepraszam, czy to nie od policji? Czego ode mnie chcesz?

„Rozgość się, dziewczyno, teraz powiem ci, kim jestem i czego chcę; przy okazji bardzo interesuje mnie twoja wiedza genetyczna... aa, opowiedz mi o sobie"

Po około trzydziestu minutach wszystko się wyjaśnia.

Grupa kontroluje losy świata. Robi to niewidzialną ręką. Fundusze i obiekty, które posiada, są tajne. Podobnie jak zaawansowane technologie, które mają, w tym „telefon prawdy" pokazany powyżej.

Oprócz agentów rozsianych po całym świecie posiada centrum badawcze podzielone na kilka działów: inżynierii, fizyki, genetyki.

Centrum Biologii/Genetyki zajmuje się różnego rodzaju eksperymentami na ludziach. Dzięki ryzykownemu krzyżowaniu ras, operacji, elektrowstrząsom grupie udało się stworzyć z człowieka doskonałego żołnierza: są to doskonale zdrowi mężczyźni i kobiety, którzy dorastali od urodzenia w laboratorium, ale z jedną podstawową cechą : posłuszeństwo ślepe na przełożonego; pozbawione różnych woli i pragnień służenia grupie.

W centrum znajdują się liczne badania, zawsze eksperymentujące, nad zmęczeniem, odpornością na ból, instynktem seksualnym. Eksperymenty te są przeprowadzane wyłącznie w celach poznawczych iw oczekiwaniu na przyszły rozwój, na nieszczęśliwych biednych ludziach.

Świnki morskie są starannie selekcjonowane: ludzie obu płci, pełnoletni, zdrowi i krzepcy na tyle, na ile to możliwe, aby wytrzymać różne „zabiegi". Wybierani są głównie sportowcy, żołnierze, okazy silne fizycznie, a nawet więźniowie czy prostytutki. Szczęśliwcy są wykorzystywani do rozmnażania i wielokrotnie zmuszani do kojarzenia się z innymi „rekrutami". Inne służą do testów zmęczeniowych. Najbardziej pechowy do testów progu bólu. Niektóre szczególnie atrakcyjne okazy są „przechwytywane" przez kierownictwo i wykorzystywane dla przyjemności personelu.

Do „rekrutacji" służą doskonale stworzeni żołnierze, nieomylni żołnierze, którym po mistrzowsku udaje się przeprowadzać porwania. Podmioty wybierane są z wyższych szczebli organizacji, której częścią jest tajemnicza kobieta.

Dyrektorzy centrów starzeją się i z trudem nadążają za technologią. Konieczny jest remont.

Kierownictwo wybrało Sonię ze względu na dwie podstawowe cechy: wiedzę biologiczno-genetyczną i brak człowieczeństwa.

„Kochana Soniu, wiem, że teraz wszystko wydaje ci się nierealne. Wiedz, że jeśli będziesz jedną z nas, poświęcisz nam swoje życie. Nie będziesz potrzebować wynagrodzenia, bo będziesz mieszkać w strukturze. Ale najlepszą nagrodą będzie , dla ciebie, w pełni wyposażony obszar do twoich eksperymentów, z tak wieloma ludzkimi i zmodyfikowanymi świnkami morskimi do twojej dyspozycji. Wiem, że to lubisz, nie wstydź się. Szpiegowaliśmy cię, gdy grałeś w swoje „gry" z zwierzęta. Przyjdź jutro o tej samej porze, jeśli jesteś jednym z nas. Jeśli cię nie widzimy, oznacza to, że nie jesteś zainteresowany i wymażemy ci pamięć o tym spotkaniu... tak, oczywiście, że możemy. Jeśli pójdziesz z nami, znikniesz i dla znajomych już nie będziesz. Ostatnia rzecz: nie chcemy mieć świata w swoich rękach. Chcemy tylko sprawdzić, czy nikt nie ma władzy absolutnej. To wymaga poświęceń, nawet niewinne życia.

Żegnaj, a raczej do zobaczenia, Soniu.

Ach, jestem członkiem 231, zapytaj o mnie"

Sonia ma nieprzespaną noc. Zdecydował się już zaakceptować, ale chce się nacieszyć swoim „nie do widzenia" rodzicom, znajomym, myśląc o tym, jak mało mu na nich wszystkich zależy; jedyne czego żałuje: czy jeszcze kiedykolwiek dostanie Monikę w swoje ręce? Kto wie?

W każdym razie zniknie bez hałasu ...

Następnego dnia przychodzi na umówioną wizytę z plecakiem pełnym tych kilku przydatnych dla kobiety rzeczy.

„Miałem nadzieję, że jeszcze cię zobaczę, Soniu. Jeśli masz w plecaku ubrania, mówię ci, że nie będzie to konieczne, wszystko, czego potrzebujesz, znajdziesz w naszych biurach"

"Dobra"

„Zaufaj mi, jeśli będziesz grzeczny, zostaniesz nagrodzony zainteresowaniem..."

Sonia nie rozumie znaczenia tego sformułowania, ale bez wahania wsiada do helikoptera.

Siedziba centrum badawczego wydaje się znajdować na środku morza.

Sonia prawie wpada w panikę, gdy helikopter schodzi na otwarte morze.

Nagle, po komunikacji radiowej od pilota, jego oczom ukazuje się wyspa.

Soni brak słów.

„Urządzenia maskujące, Soniu. Wyspę można też zamknąć i zatopić na wszelki wypadek, gdy przez trasę przepływa statek, ale zdarzyło się to raz w ciągu ostatnich trzydziestu ośmiu lat..."

Wyspa marzeń, wielka jak metropolia.

Dużo roślinności i terenów zielonych.

Widać imponującą konstrukcję, do której zmierza helikopter.

Przy powiększeniu można zobaczyć ludzi w niebieskich mundurach celujących z dziwną bronią w półnagich mężczyzn i kobiety biegnących z zawrotną prędkością ogrodzonym traktem.

„Widzisz, niebiescy to genetycznie zmodyfikowani ludzie; otrzymali już kategoryczną zgodę na bezwarunkowe posłuszeństwo. W tej chwili świnki morskie przeprowadzają test odporności na leki, aby zobaczyć długoterminowe skutki działania substancji; tutaj zamiast tego są rezydencje dla administracji, której od dzisiaj będziesz częścią, jest tylko sześć osób do kierowania i kierowania ośrodkiem, reszta to zmodyfikowani ludzie lub świnki morskie. Sześciu wydaję rozkazy, przeglądam postępy śledztwo i powiadomić moich przełożonych ".

Sonia poznaje pozostałych sześciu członków: George'a i Rachel, zbliżających się do emerytury, odpowiedzialnych odpowiednio za część elektroniczną/komputerową i biologiczną/genetyczną (którymi zajmie się Sonia). Pozostali członkowie odpowiadają za logistykę, finanse i zaopatrzenie.

„Soniu, przez miesiąc będziesz pracować u boku Rachel, po czym ona będzie cieszyć się zasłużoną emeryturą, a ty... swoją zasłużoną misją".

Uśmiech.

Masz już trochę praktyki.

Sonia już pierwszego dnia po „zatrudnieniu" zapoznaje się z procedurami i sprzętem. Rachel trochę przypomina jej siebie w sposobie, w jaki obchodzi się ze świnkami morskimi, zimną z diabelskim uśmiechem.

Zdumiewa go, jak wszystkie jego diabelskie fantazje są w tym miejscu prostą rzeczywistością.

Oglądaj z fascynacją, jak czarna kobieta jest przykuta łańcuchem do obracającego się mechanizmu, zupełnie naga w słońcu.

Uwięzi są ciągnięte tak, że świnka morska jest napięta. Operację kończą zmodyfikowani ludzie; w tym momencie Rachel interweniuje.

„Po operacji, ponieważ zostanie sprowadzony do stanu półroślinnego, zostanie wykorzystany do innych testów. Szkoda, chciałbym to zrobić bez leczenia, ale taka jest procedura. Chciałbym zobaczyć, jak zareagował na wszystkich swoich wydziałach, ma buntowniczy charakter, który tak lubię. Ale musisz być cierpliwy.

Morze jest pełne ryb...

Do testu, który przeprowadzamy, wybrano tę czarną świnkę morską. Nazywa się Carla, dwudziestojednoletnia kubańska lekkoatletka, biegająca na 100m, 200m, a także trenująca skok w dal, zawodniczka z wielkim potencjałem, co widać po jej sylwetce. Chociaż wciąż nie miała szansy na bycie sławną, najwyraźniej"

Sonia obserwuje i słucha z chorobliwą uwagą natury testu.

Świnka morska została unieruchomiona na słońcu, przywiązana do tego urządzenia, które działa jak „plucie". Jej tętno było monitorowane za pomocą elektrod, które Rachel przykładała do różnych miejsc, a jej temperaturę za pomocą sond umieszczonych w jej pochwie i odbycie.

W ten sposób możesz zobaczyć, jak świnka morska reaguje na ekspozycję na słońce.

Test przeprowadzany jest na mężczyznach i kobietach różnych ras iw różnym wieku w celu uzyskania danych statystycznych.

Rachel podziwia ciało Nadii: wysokie, szczupłe, muskularne, bez cienia tłuszczu i mimo wszystko z dość dużym biustem. Jej ręce i stopy były związane w kształcie litery X; napięcie strun sprawiało, że jego mięśnie się wyróżniały.

Oczywiście jej rysy nie były ładne, mało kobiece, a zresztą nawet jako fizyk nie mogła się równać z Moniką... ahhh Moniko, jakie wspomnienia, kto wie, gdzie ona teraz jest?

Sonia przestaje myśleć o Monice i patrzy, jak Rachel chłodno przykłada elektrody i sondy.

Już mają wychodzić, ale Sonia zostaje jeszcze kilka minut, by obserwować nagą i przywiązaną do słońca kobietę oraz działanie mechanizmu, który sprawia, że obraca się powoli.

Kiedy pojawiają się pierwsze kropelki potu, przebiega palcem pod pachami, jakby chciał połaskotać Carlę, która mruga, instynktownie chcąc się uwolnić. Ta rzecz go bawi, więc powtarza czynność, dotykając jej pod stopami, na brzuchu, na klatce piersiowej. To było interesujące, jak wyróżniał się brzuch, mimo że była „ciasna".

Rachel uśmiecha się.

"Chodź Soniu, dzisiaj musimy skończyć testy, będziesz miała czas na zabawę po pracy"

Cóż, zajęłoby jej to dłużej, nie byłaby w takim „pośpiechu".

Właściwie zauważyła, że Rachel nie spędzała zbyt wiele czasu z dziewczynami. Wolał zostać przy samcach, często je dotykał, bez wstydu, w końcu to były króliki doświadczalne.

Dzień toczył się regularnie, Rachel coraz bardziej wyjaśniała jej, na czym polega praca.

W nocy świnki morskie są zabierane do oddzielnych cel i karmione.

Kierownictwo udaje się do rezydencji wyposażonej we wszystkie udogodnienia.

Obiad serwowany przez zmodyfikowanych ludzi jest pyszny.

Sonia łatwo wpasowuje się w grupę.

Członek 231 wznosi toast za przybysza.

„Teraz czas przejść na emeryturę do naszych aneksów. Cóż, każdy bawi się tak, jak lubi..."

Psotny śmiech skierowany do Soni.

Rachel odprowadza Sonię do pokoi.

„Co ten śmiech oznaczał w odniesieniu do zabawy? Nie rozumiem..."

- Chodź, Soniu, teraz ci to wytłumaczę.

Zabiera ją do prywatnego skrzydła aresztu śledczego.

„Oto świnki morskie, które wybraliśmy na naszą „rozrywkę"; oczywiście są to najbardziej atrakcyjne okazy. Możemy robić z nimi, co chcemy, uprawiać seks, torturować je lub po prostu trzymać je na łańcuchu w pokoju, aby je podziwiać".

Sonia obserwuje około dwudziestu komórek.

Logistyk, mężczyzna po czterdziestce, gruby, łysy, udaje się do celi mulatki. Kiwając głową w stronę zmodyfikowanego mężczyzny, wchodzi do celi uzbrojony.

„Dzisiaj twoja kolej, przyjacielu; rozbierz się całkowicie"

Świnka morska z przerażeniem w oczach rozbiera się do naga. Jest młodą mulatką o pięknych zielonych oczach. Jej sylwetka jest imponująca, prawie dwa metry wzrostu, zwężane i muskularne nogi, jędrne i naturalne piersi, wspaniałe ciało.

Sonia zwraca się do Rachel.

"Kto?"

„Dwudziestodwuletnia tancerka. Wybraliśmy ją, ponieważ mieszkała w małym miasteczku i bardzo łatwo było ją poderwać; poza tym jest piękna i oczywiście uzdolniona fizycznie. z Paulem: jest sadystą, lubi używać bata. Jest bardzo dobry w zadawaniu bólu bez pozostawiania trwałych uszkodzeń. W każdym razie świnki morskie, których „używał", powinny odpocząć przez kilka dni przed ponownym użyciem. Obserwuj ... "

Do celi wprowadza się prostokątne urządzenie współpracujące z małymi kółkami; ofiara była związana w kształcie litery X za ręce i stopy. Ona płacze. Najwyraźniej wie, czego się spodziewać.

Paul powoli wchodzi, ogląda swoją ofiarę, całuje ją, dotyka, wącha.

"Trochę śmierdzi, do czego go dzisiaj zmusiłeś?"

„Dziesięć mil pływania rano i pięćdziesiąt mil biegania po południu".

"Sprawiedliwie"

Bierze hydrant przeciwpożarowy i kieruje go w stronę świnki morskiej. Strumień zimnej wody uderza w nią gwałtownie. Następnie Paul dokładnie ją mydli, nalegając na piersi i części intymne, podczas gdy ona na próżno próbuje się uwolnić, obserwując małego człowieczka z pogardą i przerażeniem.

Kiedy jest po wszystkim, opłukuje ją i każe zmodyfikowanym ludziom zanieść wózek z przywiązaną tancerką do jej pokoju.

Rachel idzie do skrzydła dla mężczyzn.

Zatrzymuje się przed celą muskularnego blondyna. To jest szwedzki „partner", który miał nieszczęście mieć Rachel jako klienta, który uznając go za szczególnie atrakcyjnego, przekonał posła nr 231 do „zwerbowania" go.

Procedura jest podobna, chociaż jest przykuty łańcuchem w bieliźnie.

Rachel zaprasza Sonię do udziału.

Chłopak jest wysoki i muskularny. Dwie kobiety patrzą na niego jak na zwierzę. Tego dnia przeszedł intensywną elektrostymulację całego ciała.

Sonia idzie za nim i wbija ostre paznokcie w jego plecy, powodując u chłopca instynktowną eksplozję. Lubi patrzeć, jak mięśnie kurczą się pod jego dotykiem. Ponownie ocenia możliwość torturowania mężczyzn, wciąż preferując kobiety.

Rachel dołącza do Soni, a oni zręcznymi rękami zaczynają się z nim droczyć i skubać go ze wszystkich stron.

Chłopiec wciąż jest spocony po popołudniowym zmęczeniu, ale Rachel woli go nie myć; lubi je, kiedy są trochę spocone.

Kiedy dwie kobiety stają przed nim i Rachel zaczyna lizać go po klatce piersiowej, Sonia zauważa charakterystyczne wybrzuszenie w majtkach chłopca.

Rachel nie jest piękną kobietą po pięćdziesiątce, ale elegancki sposób, w jaki się ubiera i jej zdolności manipulacyjne, podniecają szwedzkiego ogiera. Sonia, jak gdyby w ekstazie, podniecona, ale jednocześnie oburzona, daje mu gwałtownego klapsa i łapie za włosy.

„Jak śmiesz, brudne zwierzę, mieć erekcję? Nie nauczono cię dobrych manier. Czy tak należy traktować damę ?

Rachel jej przerywa.

„Hej, uspokój się; to jest MOJA zabawka, nie zapomnij o niej; teraz każę ją zabrać do mojego pokoju..."

- Ale... ale... ok, przepraszam; po prostu odniosłem wrażenie, że za dobrze się bawił i dlatego...

„Słuchaj, Soniu, nie wszyscy są tacy sadystyczni. Lubię ich drażnić, trochę torturować. Często lubię je podniecać, masturbować do orgazmu, a potem od razu mi przerywać. Powinnaś zobaczyć, jak błagają, myślę dla nich to jedno z największych upokorzeń.Ale czasami zmuszam je do przyjścia.Z kim warto...no tutaj...ja też mam związki.Teraz nie obrażaj się ale ja pójdę na spoczynek do swojego pokoju z Możesz wybrać kogo chcesz, tutaj jedyne obowiązkowe zasady to: NIGDY ich nie rozwiązuj, nie uszkadzaj ich trwale, nie zabijaj ich.

Hej, zabierz Szweda do mojego pokoju.

Chodź Soniu chcę zobaczyć co wybierasz"

Sonia idzie alejką i widzi wiele samców różnych ras, wszystkie bardzo wysokie i atrakcyjne.

Ale koncentruje się na żeńskim skrzydle.

„Hmm... Powinnam była zrozumieć, że wolał kobiety" – pomyślała Rachel uśmiechając się.

Było wiele dziewcząt i to bardzo atrakcyjnych; jeden o ciemnych włosach i oczach oraz ciele modelki niejasno przypomina mu Monikę, chociaż była bardziej witalna, silniejsza i piękniejsza; niestety nieosiągalne piękno, ku wielkiemu żalowi Soni.

Wtedy coś przychodzi mi do głowy.

„Rachel, gdzie jest norweska pływaczka?"

„Cóż, jest teraz w trakcie leczenia, nie możesz jej zabrać do pokoju..."

„Nie, tutaj... chciałbym ją tylko zobaczyć"

"Dobra"

Idą kilka pięter pod ziemią i docierają do pomieszczenia kontrolowanego przez kilkunastu strażników.

Drzwi się otwierają.

Norweg jest unieruchomiony w łóżku w kształcie litery X, z paskami na kostkach, udach, talii, szyi, czole, bicepsie i nadgarstkach.

Ma biały kombinezon. Z kombinezonu wychodzą różne nitki w różnych częściach ciała.

„Spójrz, to leczenie ma na celu sprawienie, by cierpiała przez długi czas, ale bez powodowania szkód fizycznych; w tym celu monitorowane jest bicie serca i temperatura; jeśli wartości stają się krytyczne, tortury elektryczne ustępują, pozostawiając ją do odpoczynku; jest kamera filmuje wszystko, część wideo zostanie wyemitowana jako ostrzeżenie dla świnek morskich.

W tej chwili, jak widzę na komputerze, świnka morska właśnie przetrwała nieprzerwany cykl 47 minut, co widać po jej ciężkich oddechach; za pół godziny powinienem zacząć od nowa"

„Tutaj... Rachel, chciałbym tu zostać i poobserwować cię przez chwilę; nic nie zrobię, popatrzę, jak komputer radzi sobie z porażeniem prądem".

"No Soniu, każdy ma swój gust, masz do tego prawo"

"Chciałbym Cię o coś zapytać ..."

"Powiedz mi"

- Tutaj chciałbym ją rozebrać... mogę?

„Ach, powinienem był się domyślić, jak niechlujnie; powiedzmy, że garnitur, który ma na sobie, nie ma określonej funkcji. Nie rozbiera się, ponieważ celem tego zabiegu jest kara, a nie dla naszej przyjemności. Ok, możesz zachowywać się tak, jak chcesz ;zmodyfikowani ludzie są do Twojej dyspozycji, pamiętaj, aby pozwolić im wykonać operacje unieruchomienia, mówiąc, że możesz bawić się ze świnką morską, jak myślisz, leczenie jest automatyczne. Cóż mogę powiedzieć, dobry wieczór, mam półnagą i podekscytowany Szwed czeka na mnie i dziś wieczorem czuję się natchniony, mmm... Mógłbym go przepuścić przez łaskotkę... Kiedyś ci to pokażę, Soniu. Do zobaczenia rano" .

Sonia nawet nie widzi wychodzącej Rachel, od kilku minut wpatruje się chorobliwie w Norwega.

Teraz jest z nią sam na sam; strażnicy są do Państwa dyspozycji poza bramą.

Chcesz powoli cieszyć się tymi chwilami.

„Nawet nie znam twojego imienia, suko; Rachel ma rację, że ci współczuje. Twoje wściekłe spojrzenie wskazuje na temperament, który się nie poddaje. I na pewno jesteś wystarczająco silny, aby zerwać stalowe kajdanki, nawet jeśli są wadliwe, i znokautuj kilku uzbrojonych zmodyfikowanych ludzi; nawet będąc ubranym tak jak teraz, widzę, że jesteś szczupły i silny; ale naprawimy to natychmiast, zacznę zdejmować twoją bluzkę... "

Leczenie rozpoczęło się niecały dzień temu, więc dziewczynka nadal jest w pełni sprawna.

Ma wesołą buzię z piegami, niebieskie oczy i piękny rumieniec na policzkach.

Wchodzi czterech strażników i każą Soni odsunąć się dla bezpieczeństwa.

„Na razie zdejmij górną część, dzięki..."

Strażnicy, zachowując należyte środki ostrożności, rozpinają zamek błyskawiczny skafandra i zdejmują pasek wokół talii, unosząc skafander powyżej klatki piersiowej; dziewczyna nadal ma białą koszulkę; to nie ma znaczenia, przyjemność będzie trwała. Mocno zapinają pasek wokół talii.

Teraz kolej na paski na biceps, podnoszą kombinezon do nadgarstków, pozostawiając odsłonięte ramiona; Ponieważ jego bicepsy są teraz wolne, mocno się wykręca; Pomimo tego, że wciąż są całkowicie unieruchomieni, czterej strażnicy usiłują tym razem ponownie przymocować paski do gołej skóry.

Analogiczną operację na nadgarstkach przeprowadza się dla bezpieczeństwa osobno pomiędzy prawą a lewą.

Sonia rozumie teraz, dlaczego środki ostrożności nigdy nie są przesadne.

"Pozwolili nam..."

Ponownie zbadaj świnkę morską.

W garniturze nie mógł powiedzieć, jak muskularne i umięśnione były jego ramiona.

Nic wspólnego z Moniką, ale była coraz bliżej; Osobliwością Moniki było to, że była we wszystkim znakomita. To wciąż było piękne, ale trochę nieproporcjonalne do innych części ciała, takich jak brzuch, który, choć miękki i muskularny, nie był porównywalny z masą ramion. Znalezienie choć jednej wady Moniki było trudne, ale nie niemożliwe.

Dziewczyna o bardzo jasnej karnacji jest zalana potem, jej klatka piersiowa gwałtownie unosi się i opada w oczekiwaniu na natychmiastowe leczenie.

Do jego ust przymocowano pasek połączony z kilkoma pęcherzami, uniemożliwiając mu mówienie; prawdopodobnie był to sposób jej karmienia, ponieważ leczenie trwało co najmniej tydzień. Elektrody na nadgarstkach.

Z podkoszulka na klatce piersiowej wychodzą nitki; widać taśmę owijającą klatkę piersiową, zakrywającą sutki.

Sonia zaczyna głaskać świnkę morską po pyszczku, klatce piersiowej, brzuchu, czując jędrność bicepsów. Decydujesz się zdjąć podkoszulek, gdy jest zawiązany. Wyciąga go ze spodni dresowych, z trudem wsuwa pod pasek, odsłaniając cudownie pulsujące piersi. Elektrody zostały umieszczone na klatce piersiowej zarówno w celu kontrolowania bicia serca, jak i wywołania wstrząsów elektrycznych.

Czuje to, poci się.

– Masz bardzo ładne ciałko, wiesz, suko?

Liże ją po pępku.

„Jesteś słony... lubię cię"

Świnka morska ma buntowniczy impuls: nie tylko będzie musiała cierpieć niewypowiedzianie przez tydzień, ale teraz musi także cierpieć deprawacje tej lesbijki?

Wypuszcza z siebie mieszane pomruki gniewu i frustracji, po czym szarpie pasy.

Patrzy na Sonię z nienawiścią i buntem.

"Widzę, że masz jeszcze dużo siły. Straże! Twoje spodnie; zdejmij je całkowicie."

Strażników jest teraz sześciu, operacje przeprowadzane są powoli i ostrożnie, przy użyciu dodatkowych pasów.

Operacja zakończona.

Sonia rozumie, dlaczego sześciu strażników: nogi mają imponującą masę mięśniową.

W okolicy odbytu i pochwy wprowadza się i strategicznie mocuje rurki, aby świnka morska mogła wykonywać funkcje fizjologiczne podczas leczenia.

Inne elektrody przyłożone do kostek.

„Strażniku, widzę, że łóżko ma mechanizm, czy mogę ci szerzej rozłożyć nogi?"

"Oczywiście"

Osłona działa na koła zębate, które rozciągają nogi świnki morskiej prawie prostopadle do tułowia.

Elastyczność dziewczyny jest imponująca.

Sonia, stojąc między nogami świnki morskiej, z dłońmi spoczywającymi delikatnie na nagich udach, wpatruje się w ofiarę. Gładzi swoje nogi, które instynktownie kurczą się, próbując uciec, i patrzy jej w oczy.

– Nadal myślisz o wyzwaniu mnie?

- mówi Sonia, pochylając się, by pocałować jej pępek i brzuch w różnych miejscach.

Z mrożącą krew w żyłach powolnością wychodzi z tej kuszącej pozycji, by ruszyć się za nią, zawsze trzymając jeden palec w kontakcie z jej ciałem i przesuwając go w zmysłowy sposób.

Świnka morska jest wściekła i próbuje coś powiedzieć przez knebel w nieznanym Soni języku.

Teraz Sonia jest za nią i kładąc dłonie na bicepsach świnki morskiej, zaczyna zmysłowo całować jej czoło, policzki, szyję i uszy.

Równocześnie przesuwa dłońmi po pachach, piersiach, łapczywie masując je i sprawdzając ich jędrność.

Świnka morska skarży się w proteście, próbując coś powiedzieć.

Sonia wraca do niej i patrzy na nią z uśmiechem.

„Hej, co masz do powiedzenia? Nie mówię w twoim języku. Wiesz co? Zwykle jestem bardziej sadystyczny, mniej słodki, ale... fakt, że cię ssę, przepraszam, sprawia, że jesteś instynktownie buntuje się przeciwko moim dotykom i to sprawia, że tak bardzo to lubię... "

i znów przesuwa dłońmi po brzuchu i piersiach.

Nagle komputer wydaje dziwny dźwięk podobny do alarmu.

Oczy świnki morskiej są teraz pełne przerażenia i szukają desperackiej pomocy Soni. Z tych szczegółów Sonia rozumie, że leczenie zaczyna się od nowa.

Początkowo wydaje okrzyk o rzadkiej intensywności, ale po sekundzie zastyga mu w gardle. Intensywność tortur jest taka, że świnka morska nie może wydać z siebie żadnego dźwięku.

Sonia z zainteresowaniem przygląda się zwierzęciu. Tortura pozostaje stała przez kilka sekund w całym ciele, a następnie zmienia się ze zmienną intensywnością w niektórych obszarach, aby umożliwić fizjologiczny czas regeneracji i nie zmniejszyć zbytniej wrażliwości na ból.

Kiedy nogi są stymulowane, Sonia ledwo wyczuwa tik, permanentny skurcz mięśnia czworogłowego świnki morskiej; dlatego umieszcza się go z powrotem między nogami i kładzie ręce na udach. W momencie rozpoczęcia szoku odczuwasz skurcz dotykających je mięśni o wiele bardziej, pomimo ułożenia nóg i ciasnych pasków.

Teraz pobieranie odbywa się gdzie indziej.

Kierując się instynktem „współczucia", zbliża ustami do wzgórka łonowego, trzymając ręce na udach i pieszcząc je.

Jego język przesuwa się tam, gdzie może, między sondami i elektrodami, stymulując tę wrażliwą część. Okrzyki protestu ofiary.

Teraz spójrz na górną część ciała. Po uderzeniu, jednocześnie kurczy się klatka piersiowa, biceps i brzuch w nienaturalny sposób. Sonia widzi piękno jego mięśni, lśniących od potu świnki morskiej.

Przez dwadzieścia pięć minut z przyjemnością obserwuje cierpienie dziewczyny i jednocześnie podziwia jej atletyczne ciało.

Od czasu do czasu przesuwa chciwymi dłońmi po jej skórze, by sadystycznie ją pogłaskać, czasem szczypiąc, czasem zmysłowo dotykając.

Kiedy klatka piersiowa jest „w spoczynku", skurcze zmniejszają się, ale natychmiast klatka piersiowa zaczyna ponownie konwulsyjnie unosić się i opadać. Pomiędzy tymi chwilami Sonia nadal smakuje ciało ofiary, liżąc i wąchając.

W końcu, siadając okrakiem na udzie, gdy wstrząs przeszywa jej klatkę piersiową, liże swój pępek i gryzie ją, znajdując w tym akcie przyjemność, jakiej nie czuła od dawna, właśnie od czasu, gdy zobaczyła Monikę na rurze, w siłownia.

Kiedy kuracja się kończy, Sonia zbiera się w sobie, przesuwa dłonią po brzuchu i piersiach dziewczyny, zauważając, że jej oczy są teraz bez wyrazu, choć zachowały w sobie nutkę złości i frustracji, które Sonia tak bardzo lubi. Najwyraźniej leczenie zaczyna działać.

„Miło mi było mieć cię na swój sposób, suko. Myślę, że odwiedzę cię ponownie w tych dniach".

Pocałunek w policzki.

„Strażnicy, ubierzcie ją dobrze".

Stary przyjaciel

Czas pożegnać się z Rachel.

Soni jest trochę przykro, polubiła się, ale Rachel ją uspokaja.

„Nie martw się, będę cię od czasu do czasu odwiedzać, żeby się zabawić; mam na oku kubańskiego chłopca, strażnika więziennego, który wcale nie jest zły, całkiem naturalny…"

Teraz rządzi Sonia.

Zgodnie z rozkazem poseł 231 zostaje przedstawiony w swoim biurze.

Gratuluje jej, wyjaśnia, że jej wstawienie było więcej niż zadowalające.

Mówiąc o sytuacji na wyspie, okazuje się, że George przechodzi na emeryturę, ale walczy o znalezienie godnego następcy.

Umysł Sonii zagłębia się w jej wspomnienia i od razu przychodzi na myśl ktoś...

„Członek 231... tutaj, chciałbym zasugerować nazwisko osoby...”

Robert po głębokim rozczarowaniu Moniką popada w stan głębokiej depresji.

Nieszczęście jeziora znane jest praktycznie każdemu. Ten z wodospadem trochę mniej.

Firmy, które się z Tobą skontaktowały, przestają Cię szukać. Rodzice wywierają na nim presję, ignorując jego uczucia.

Uczucia do Moniki, które stopniowo ustępują miejsca nienawiści.

Robert kultywuje głęboką nienawiść do tego, kto go odrzucił.

W dodatku to kopnięcie w okolice genitaliów, wcześniej niezbyt energiczne i nieco „bezużyteczne”, teraz uczyniło go prawie niezdolnym do uprawiania seksu. Dlatego, nie mogąc mieć normalnych stosunków seksualnych z powodu niepewności, koncentruje swoją seksualność na sadyzmie.

Internet bardzo Ci w tym sprzyja. W każdym razie zwykle płaci prostytutkom, które pozwalają się związać, by zaspokoić jego instynkty. Dominując i wiążąc swoje ofiary, osiąga przyjemność.

To, co stało się z Sonią, jest teraz postrzegane z zazdrością i obrzydzeniem.

Zasadniczo zdaje sobie sprawę, że jedynym sposobem, aby ON miał kobietę, jest zrobienie tego wbrew jej woli. A ponieważ nie jest zbyt uzdolniony fizycznie... jedyny sposób, wiesz o co chodzi, to krąg się zawęża.

Nadal jest niewypowiedzianym geniuszem, ale z kilkoma skargami niektórych dziwek, które nie są zbyt przychylne, jeśli chodzi o fantazje BDSM, sprawiają, że jego CV nie jest najlepsze.

I musi znaleźć pracę.

Na kolejny wywiad idzie niemal z rezygnacją.

Pięćdziesięcioletnia dama wita cię w swoim gabinecie.

„Robercie, w końcu jesteś. Musimy ulepszyć nasz dział rekrutacji i chociaż prawdą jest, że mieliśmy stracić element taki jak ty... to nie dzięki... CIEBIE".

Sonia się ujawnia.

Zmienił się.

Poza tym, że dorosła, wygląda też na bardziej zrelaksowaną i szczęśliwą niż Sonia, którą poznała.

Ściskają sobie dłonie.

„Robert, dorosłeś, ale niewiele się zmieniłeś..."

Sonia opowiada przyjaciółce o wszystkich swoich perypetiach, od epizodów z Moniką, przez rekrutację, grupę, swoją pracę, po to, jak udaje jej się teraz odczuwać przyjemność i satysfakcję.

Robert jest niedowierzający, ale decyduje się zaakceptować.

Będzie odpowiadał za informatykę, czujniki i elektronikę Centrum.

Dzień osadnictwa, jej zdumienie na widok wyspy jest ogromne, Sonia uśmiecha się na myśl o tym, kiedy próbowała tych samych rzeczy.

Wszystkie alarmy, sterowanie, nadzór wideo, testy maszyn są wyjaśnione Robertowi.

Umiejętności obsługi komputera, wraz ze znajomością mechaniki, pobudzają w nim różne pomysły, które wkrótce wcieli w życie.

George jest cierpliwym i metodycznym nauczycielem.

Po ogólnym wprowadzeniu Robert odwiedza strefę „treningową", w szczególności basen.

Basen jest wyraźnie dłuższy od zwykłego basenu olimpijskiego, głębszy i ma trzymetrową krawędź, uniemożliwiającą ucieczkę świnkom morskim.

Robert z fascynacją przygląda się zabiegowi: świnki morskie w kostiumach kąpielowych zbliżają się do basenu, z rękoma związanymi z tyłu iz kostkami związanymi czterocalowym łańcuchem (aby zminimalizować możliwość ruchu). Elektrody umieszcza się na klatce piersiowej (w przypadku kobiet pod jednoczęściowym kostiumem kąpielowym) i zawiązuje wokół klatki piersiowej. Monitor śledzi puls. Są zawieszane do góry nogami za pomocą wyciągarki, ich ręce, a następnie stopy są puszczane, co powoduje, że wchodzą do wody. Dziś poddawane są długodystansowej próbie wytrzymałości.

„Ale skąd możemy mieć pewność, że zrobią wszystko, co w ich mocy?"

„O, widzisz, Robert – interweniuje Sonia, która jest właśnie na monitorach – to proste: ten drugi poddawany jest bolesnemu (ale w zasadzie niegroźnemu) testowi odporności na ból; ten pierwszy pozostawia się „w spokoju" na kilka dni. ..oczywiście nie chcemy, aby cierpieli ci sami ludzie, więc zwykle dajemy słabszym przewagę chronometryczną opartą na najnowszych testach ... powiedzmy, że dużo zależy od naszego uznania; ważne, że te głupie bestie nie zdają sobie z tego sprawy i zawsze dają z siebie wszystko"

Roberta dziwi pewność siebie, z jaką Sonia porównywała się kilka lat temu; teraz jest odpowiedzialny za dział genetyczny; ale z pewnością wydaje się, że zachował ten chłód, który zawsze go charakteryzował.

Mężczyźni rozpoczynają test, który rozpoczynają osobno, aby dane chronometryczne można było bez trudności „ustawić".

Teraz kolej na kobiety.

Robert od razu dostrzega preferencje swoich kolegów; Wśród kobiet tylko Sonia ma upodobanie do świnek morskich i wydaje się, że się tego nie wstydzi. Wśród mężczyzn tylko niejaki Paul, niezdarny mały człowieczek, wydaje się mieć jednakową zabawę z obiema płciami. Słyszy, jak zwraca się do Soni, mówiąc: „dzisiaj nie miałbym nic przeciwko zabraniu Kubańczyka i tancerki do mojego pokoju i zlaniu ich razem; ach, do testu chciałbym mieć Kubańczyka, próbował się zbuntować, kiedy go dotknąłem.. rozumiesz ?

Sonia kiwa głową bez zainteresowania.

Robert zostaje uderzony przez pływaka: brązowe włosy, kocie brązowe oczy, imponująca, ale smukła sylwetka.

— Kto to jest, Jerzy?

„Ach, Gabriela! To kompletna włoska atletka (pływanie, bieganie, pchnięcie kulą), która przyjechała dwa tygodnie temu. Przeprowadzimy kilka testów fizycznych, aby zobaczyć, gdzie radzi sobie lepiej, chociaż biorąc pod uwagę jej urodę, mogłaby być również zawarte między „rozrywką", kto wie „

Robert patrzy, jak zmodyfikowani ludzie ustawiają go, aby przenieść go do wody za pomocą mechanizmu. Wisząc, sugeruje instynktowny ruch, aby wstać i skurczyć swój wspaniały brzuch. Będąc w wodzie, po wypłynięciu zaczyna z imponującą prędkością i mocą; jego muskulatura prawie dorównuje Monice, chociaż pozostaje o stopień niżej.

„George... myślę... mam prośbę..."

- Ach, wiedziałam! Od razu zwróciło twoją uwagę, prawda? No cóż, jeszcze nie zalicza się do 'rozrywki', ale skoro jesteś nowa, to zrobimy wyjątek, poproszę Sonię, żeby dała jej wygrać, żeby daj jej odpocząć jutro w nocy i złóż specjalną prośbę do posła 231 .

Dzień mija spokojnie.

Pierwsza kolacja na wyspie jest również pozytywna dla Roberta, któremu bardzo pomaga Sonia, która sprawia, że czuje się bardzo komfortowo.

Jeśli chodzi o wybór „ofiar" na noc, Robert ma już konkretną prośbę.

„Cóż, George, poseł 231, wszystkie te świnki morskie są bardzo piękne i na pewno je docenię. Ale chciałbym spędzić pierwszą noc z Gabrielą, włoską lekkoatletką, ale ponieważ będzie dostępna tylko jutro, dzisiaj chciałbym lubię „odwiedzać każdego z was, w ten sposób, tylko po to, aby zrozumieć wasze gusta i jak działa„ rozrywka ", zawsze, jeśli jest to dozwolone... a także z panem, poseł 231, byłbym zainteresowany, aby zobaczyć, co wy tak jak "

Koledzy chętnie przyjmują.

Pierwszą osobą, którą widzi, jest jego nauczyciel, George.

Młoda i cycata blondynka (niemiecka prostytutka) jest przywiązana do łóżka półnaga, George niesie koło łóżka wózek z lodem, różnego rodzaju jedzeniem, winem. Oczywiście lubi mieć tradycyjne relacje, z pewnymi zmianami związanymi z jedzeniem i oczywiście niezbędnymi środkami ostrożności, które wymagają unieruchomienia świnek morskich.

Jej przyjaciółka Sonia ma w swoim pokoju czarnego sprintera. Jest naga, zawiązana w pionowo X i lekko uniesiona nad ziemię. Sonia aplikuje mu elektrody na całym ciele.

– Czy to ci coś przypomina, Soniu?

Cisza między nimi.

Sonia sugeruje uśmiech. Oba łączy szalone pragnienie pewnej osoby. Nostalgia Moniki sprawia, że stają się niemal melancholijni.

Robert postanawia ją tam zostawić i udać się gdzie indziej, by rozwiać wspomnienie dawnej szkolnej koleżanki.

Samantha i Julia, dwie kobiety po czterdziestce, niepiękne, ale z pewnością opiekuńcze kobiety, których zadaniem jest karmienie i monitorowanie stanu zdrowia świnek morskich, znajdują się w tym samym pokoju z muskularnym, nagim, mocno przywiązanym do jakiegoś stołu ginekologicznego. Retraktor utrzymuje usta otwarte. Grube paski na nadgarstkach, bicepsach, karku, brzuchu, udach i kostkach bezpiecznie unieruchamiają cię w łóżku z rozłożonymi nogami.

Gdy Samantha obmacuje mężczyznę, którego powoli podnieca, Julia wyjaśnia Robertowi:

„Bawimy się tak, podniecamy go na wszelkie możliwe sposoby, droczymy się z nim, bawimy się z nim, żeby utrzymać go na skraju orgazmu. Kiedy jest na skraju rozpaczy... no, to zależy jak dobrze, że błaga"

Powiedziawszy to, dołącza do kolegi i cierpliwie zaczyna pracować nad ciałem ofiary. Julia wydaje się mieć większe doświadczenie, ponieważ mężczyzna doznał zauważalnej erekcji pod jej dotykiem.

Samantha wygląda na nieco urażoną i uderza go.

„Więc wolisz ją? Cholerny pies!"

I gwałtownie gryzie go w ucho, podczas gdy Julia zmysłowo kontynuuje swoją pracę.

Robert udaje się do sadystycznego Paula.

Kobieta i mężczyzna, obaj czarni, są związani naprzeciw siebie, w samej bieliźnie. Oczywiste ślady klapsów na ciele obojga, więcej u kobiety.

Robert pozdrawia, nie darzy go szczególną sympatią.

poseł 231.

Robert puka do drzwi.

"Dalej"

Półnagi mężczyzna i kobieta są zakneblowani i unieruchomieni na dziwnym urządzeniu z obracającymi się szczotkami, długopisami, wykałaczkami.

„Maszyna do łaskotania, Robercie. Wybrałem najbardziej delikatne przedmioty, a nie te najbardziej atrakcyjne, jak widzisz. Spójrz".

Kobieta naciska przycisk. Szczotki i pióra zaczynają tańczyć na najbardziej wrażliwych częściach dwojga biednych ludzi; pachy, biodra, stopy, szyja to najbardziej obciążone obszary.

Szczególnie kobieta wije się jak wściekła, krzyczy konwulsyjnie.

Robert jest tym wszystkim zafascynowany.

Jednak on wycofuje się do swojego pokoju. Jego upodobanie do Gabrieli następnego dnia jest w rzeczywistości pretekstem do wycofania się do swojego pokoju i włączenia starego komputera: ogarnia go nostalgia, zdjęcia jego ukochanej Moniki, teraz młodej i obiecującej sportsmenki, są przez niego skrupulatnie i obsesyjnie przechowywane; od najbardziej banalnych póz fotograficznych po nieruchome obrazy uchwycone podczas jego performansów.

Nie może o niej zapomnieć.

Masz zamiar znaleźć kolejny film lub artykuł, gdy słyszysz pukanie do drzwi.

"Soniu, chodź, wejdź"

– Cześć Robercie, jak się masz?

„Cóż, posłuchaj, nigdy ci wystarczająco nie podziękuję za to, że doprowadziłeś mnie tak daleko. Nigdy nie będę w stanie ci się odwdzięczyć".

- Cóż, powinieneś wiedzieć, że to dla mnie przyjemność mieć tutaj osobę, którą znam od liceum.

Gadają jak dwie stare przyjaciółki, gadają o tym i owym, Sonia jak nic opowiada o swojej sadystycznej pracy.

W pewnym momencie Sonia naciska:

- Ciągle myślisz... o niej. Prawda?

W odpowiedzi Robert pokazuje Soni zdjęcia na swoim komputerze. Sonia jest zdumiona ilością zdjęć ofiary swoich marzeń, podzielonych na foldery i podfoldery: filmy, wywiady, artykuły, zdjęcia, występy sportowe.

Sama myśl o tym, co mógłby jej zrobić na wyspie, sprawia, że leci z wyobraźnią jak nigdy dotąd. Jej uwagę przykuwa zdjęcie, na którym Monika zmaga się ze skokiem o tyczce: zawodniczka właśnie zeszła z tyczki, jej twarz skupiona jest na wysiłku, smukłe mięśnie napięte i faliste jednocześnie, gorączkowa górna część unosi się. Odkryj brzuch i wszystkie wyrzeźbione mięśnie brzucha.

Sonia leci i marzy o Monice na wyspie jako śwince morskiej, ale ogarnia ją myśl:

„Robert... ty... kochasz ją, prawda? To znaczy tradycyjnie, nigdy byś jej nie skrzywdził, chciałbyś ją mieć dla siebie, gdyby była tutaj świnką morską, chciałbyś ją uwolnić, aby pokazać jej swoje miłość ... prawda? "

„Soniu... nawet nie wiesz, jak bardzo się zmieniłam. Dorastając i zderzając się z rzeczywistością, swoim wyglądem, zaczynasz rozumieć, że nigdy nie możesz mieć takiego stworzenia, jak mogła się w nim zakochać Spójrz, moje pożądanie do niej nie zmieniło się, w rzeczywistości jest silniejsze niż wcześniej, ale jest różnica.

Możesz nie wiedzieć, że kopniak, który mi dał tego dnia, spowodował u mnie sporo problemów seksualnych; Wcale nie jestem bezradny, ale walczę, żeby mieć... tutaj wiesz co; zamiast tego pomysł posiadania kobiety w mojej mocy bardzo mnie podnieca. Monika więc... nie mówmy o tym.

Chcę ją upokorzyć, tak jak ona mnie. Chcę, żeby cierpiał. Chcę, żeby żałował, że mnie upokorzył. Chcę wyrwać ją ze świata, który zna, i mieć ją tu, by torturować ją powoli, nie wyrządzając jej zbyt wielkiej krzywdy. Chcę, żeby stała się niewolnicą, przedmiotem w moich rękach. Ale ona musi cierpieć, buntowniczko, chcę usłyszeć jej krzyk z wściekłości"

Oczy Roberta rozświetlają się i spotykają Sonię.

Magia sytuacji, spotkanie dwojga, ujawnione uczucia przełamują bariery między nimi. Niemal w ekstazie oboje obejmują się, a potem trzymając się za ręce i patrząc na zdjęcie Moniki, zaczynają się pieścić.

Teraz są wspólnikami.

Nie pociągają się sobą. Ale jego życzenie idzie w tym samym kierunku.

„Robert, gdybyś wiedział, ile razy rozmawiałem z członkiem 231... faktem jest, że jest sławna, wiesz? Zbyt wiele oczu na nią skierowanych. nie wiem, żeby ją aresztowali, albo... ba. Chodzi o to, że nie chcę się oszukiwać . I tak czy inaczej mamy tu coś, co nas pocieszy, nie sądzisz ?

Robert kiwa głową, niezbyt przekonany.

Przyjemna rozrywka

Robert jest w swoim pokoju i ogląda wiadomości w telewizji.

Jak dużo czasu to zajmuje? Powinni tu być przez kilka minut - myśli.

Pukają do drzwi.

"Ach, w końcu"

Zmodyfikowani ludzie wchodzą do pokoju z wózkiem.

Gabriela jest tradycyjnie zawiązana w X, z zasłoniętymi oczami iz retraktorem w ustach.

Zgodnie z poleceniem Roberta ubrana jest w białe majtki i bezrękawnik.

Zostają sami.

Kiedy świnka morska zaczyna szarpać za smycz, zastanawiając się, dlaczego to niekończące się czekanie, Robert z sadystyczną cierpliwością odwraca się i przygląda z bliska swojej ofierze.

To pierwszy raz, kiedy spełniasz swoje marzenia.

Świnka morska to wspaniały okaz. Teraz, gdy jest związana, każdy centymetr jej wspaniałego ciała można obserwować z bliska.

Palcem i delikatnie Robert zaczyna ją drażnić i szczypać tu i tam; miło jest widzieć, jak się trzęsie, jej mięśnie stają się bardziej widoczne; Możesz sprawdzić ich konsystencję, szczypiąc i przygryzając okolice klatki piersiowej i bicepsa.

Butt to hymn do perfekcji, falisty i stonowany.

Robert bawi się gumką majtek, sprawdzając jędrność pośladków.

Związał już kilka prostytutek, ale i tak wszystkie się zgodziły; aw każdym razie dali się związać w bardzo fałszywy sposób.

Teraz wszystko było inne.

Poza tym takiego ciała jeszcze nie widział; Jasne, ciało Moniki było nieosiągalne, ale ta „namiastka" była mimo wszystko niezwykła. Co więcej, nigdy nie miał czasu przyjrzeć się dokładnie ciału Moniki, z wyjątkiem tych krótkich okazji, kiedy go uderzała.

Teraz była tam Gabriela, związana i zdana na jej łaskę. Chciałem cieszyć się tą chwilą.

Klak... klap... Robert postanowił bardziej ją zestresować, ograniczyć jej swobodę ruchów; Ramiona i nogi dobrze rozciągnięte, choć nie do granic możliwości.

Rass... nożyczkami przecinamy ramiączka podkoszulka, u góry.

Wspaniała klatka piersiowa, z odsłoniętymi żebrami (jak na tę pozycję), ale z ładnymi i jędrnymi piersiami.

Retraktor jest przymocowany do pręta u góry, aby przytrzymać go krawędzią do góry.

Tyle siły i mocy w jego rękach.

Wykałaczką nakłuwa jej uda, brzuch, pachy.

Jego mimowolne odruchy są tym, co go najbardziej satysfakcjonuje.

Z czasem odkryła, że coraz mniej kocha tradycyjny seks. Daremne próby buntu ofiary gwałtownie go podniecają.

Wyjdź z majtkami.

Robert cierpliwie przesuwa się w okolice jej genitaliów i zaczyna pęsetą irytująco ciągnąć za włosy... tak; tutaj znikają włosy łonowe, co powoduje jęki ofiary.

Lubi przeplatać gwałtowne i zdecydowane wybuchy z długimi i bolesnymi dla ofiary, która zaczyna się pocić.

Pot sprawia, że ciało Gabrieli lśni w przyjemny dla oka sposób.

Robert wącha go i liże po całym ciele, po czym wraca do bolesnej depilacji woskiem.

Dzisiejszej nocy Robert rozumie, że wszystkie jego przeszłe cierpienia będą częściowo usprawiedliwione satysfakcją, jaką będzie czerpał z tej chwili. Gabriela jest pierwszą ofiarą upokorzenia i bólu fizycznego, jakie może spowodować sadystyczny i cierpliwy Robert.

Wykorzystując nieszczęśliwą jako świnkę morską, Robert eksperymentuje na niej z elektrostymulacją, osiągając granice, o których nigdy by nie pomyślał u człowieka.

Czuje się jak Bóg, mając pełną kontrolę nad piękną atletką.

Przyjemność uzyskana po dwóch godzinach tortur przeplatanych drobnymi zabawami jest bardzo satysfakcjonująca dla Roberta, który zasypia na kilka godzin.

Po przebudzeniu widzisz swoją świnkę morską wyczerpaną po pozycji, w której była związana przez całą noc, ale wciąż reaguje na twój dotyk.

Zwolnij łańcuch przymocowany do zwijacza, abym mógł zobaczyć twoją twarz. Całuje ją entuzjastycznie, z ruchem odrazy ofiary, a potem uderza ją gniewnie, dając upust całej swojej frustracji z powodu rozczarowania Moniką.

Gdyby tylko był tu, na miejscu biednej Gabrieli... chłopiec ogarnia nuta nostalgii.

W następnych miesiącach Robert ciężko pracował, aby wszystkie systemy nadzoru oraz wszystkie urządzenia elektryczne i mechaniczne używane zarówno podczas eksperymentów, jak i „sesji" działały wydajnie. Dzięki swojej wyobraźni i geniuszowi jest w stanie opracować znacznie bezpieczniejszy i wydajniejszy system niż jego stary już poprzednik.

Harmonia z Sonią i wspólna pasja, wzmocniona bardzo podobnymi gustami, pozwala im osiągać doskonałe wyniki w badaniach, daleko wykraczające poza prognozy Member 231.

Często można je znaleźć po obiedzie, aby bawić się ze świnkami morskimi, torturować je, gwałcić, a nawet poniżać.

Jednak w inne noce z nostalgią podziwiają zdjęcia swojej ukochanej Moniki G.

Tortury, których nie są w stanie wykonać, pomimo niezliczonych rozrywek, jakie oferuje sytuacja.

Zbliżają się Święta Bożego Narodzenia 2018 roku, kiedy Member 231 w Wigilię zaprasza ich obu na spotkanie.

„Usiądźcie kochani. Nie macie pojęcia, jak daleko zaszliśmy, głównie dzięki wam, w ciągu ostatnich kilku miesięcy. Szczególnie w nowych prototypach zmodyfikowanych ludzi i możliwości telepatycznego kontrolowania ich za pośrednictwem innych zmodyfikowanych ludzi. coś, czego nikt by nie pomyślał. Nawet ja nie próbowałem sobie tego wyobrazić. Nie mówiąc już o zmodernizowanych konstrukcjach dzięki geniuszowi naszego Roberta"

Robert i Sonia patrzą na siebie, trochę zarumienieni, ale świadomi, że komplementy są zasłużone.

„Jest jednak coś, co ich trochę zasmuca, wszyscy o tym wiedzą, nawet jeśli nigdy o tym nie mówią"

Obaj nie wiedzą, jak odpowiedzieć kobiecie.

„Cóż, zwykle nie biorę pracy osobiście do tego rodzaju rzeczy, ale zrobiłem dla nich wyjątek, ponieważ dołączyli i dali tak wiele grupie".

Wyglądają na nieco zdziwionych, zastanawiając się nad znaczeniem słów kobiety.

„No... szczerze mówiąc, nie wiem, czy bym to zrobiła, gdyby nie pomogły mi wydarzenia... między innymi zabawne, że jutro są święta; no nie mogę się doczekać jutro zaskoczy Cię prezentem..."

Sonia przerywa...

„A to cięcie, członek 231?"

Boże Narodzenie 2018 - najpiękniejsze Święta Bożego Narodzenia

Monica G., aka Fantastic Girl, budzi się leżąc na podłodze dziwnej, niemal futurystycznej celi; Wydaje mu się, że jest w filmie science fiction, białe ściany, przyćmione światło, szkło, przez które nic nie widać.

Wstaje lekko oszołomiona. W chwili, gdy zdaje sobie sprawę, że ma szare przebranie, ale nie ma już maski, przypomina sobie wszystko: noc, walkę, zwycięstwo, strzałę... a potem znowu policję, nieznajomych, którzy się włamują... i nic.

Gdzie jest? Jest uwięziona w celi, ale gdzie?

Nie wiedząc, co robić, zaczyna kopać i uderzać w szybę, ale bez żadnego innego efektu, jak tylko raniąc sobie ramię; i powiedz, że dzięki swojej sile wyłamał kilka drzwi w ten sposób, a nie w subtelny sposób.

Światło po drugiej stronie szyby.

Tuzin mężczyzn w niebieskich kombinezonach wchodzi do pokoju po drugiej stronie szyby, w tych samych mundurach, które widziałeś wcześniej. Wszyscy są uzbrojeni, dwóch niesie samochód z dziwnymi gadżetami, Monica rozpoznaje tylko jakieś dziwne paski, które najwyraźniej służą do unieruchamiania.

Wreszcie kobieta... czekaj, rozpoznaje ją, to ta sama z komisariatu z czasów Soni i ta sama, która zadała jej brzemienne w skutki pytanie "Czy jesteś Fantastyczną Dziewczyną?"

„Co tu się dzieje? Gdzie jest policja? Kim jesteś, czego ode mnie chcesz? Nikogo nie zabiłem, nawet nie ukradłem, to nielegalne..."

„Ale ile słów, moja droga Moniko, czy Fantastyczna Dziewczyno, co chcesz. Słuchaj, opowiem ci wszystko później i bardzo spokojnie... uh, uh, nie uwierzysz mi, ale mamy dużo czasu dostępny ..."

„Czas? Nie mam czasu dla nikogo, teraz chcę zadzwonić, mam prawo..."

„Sszszsz, widzisz, moja droga gimnastyczko – bohaterko, pierwszą rzeczą do zrozumienia jest to, że od teraz nie będziesz mieć żadnych praw, czy ci się to podoba, czy nie. A teraz proszę, zacznij zdejmować to głupie przebranie..."

„Posłuchaj mnie dobrze, ty pieprzona dziwko, nie wiem, kim jesteś, ale jestem dobrze znany, będą mnie szukać, nie przyjmuję od nikogo rozkazów..."

"Eeehhh, już wiedziałem, że to się tak skończy panowie, włączcie 'ogrzewanie'..."

Mężczyzna w niebieskim garniturze przestawia przełącznik.

Światła gasną, Monika nie widzi już nic poza szybą, natomiast jeńca widać wyraźnie z zewnątrz.

W ciągu kilku sekund powietrze staje się cięższe, cieplejsze i nie można nim oddychać.

Monica zaczyna się zastanawiać jak to się mogło stać, gdzie ona do cholery jest. Upał staje się nie do zniesienia, wilgotność jest bardzo wysoka.

Monika jest bardzo przygotowana fizycznie, ale już po kilku minutach zaczyna mieć problemy z oddychaniem. Ale on nie chce zadowolić kobiety.

Nagle cela zostaje podzielona na dwie części metalowymi prętami.

Obszar, w którym się znajdujesz, pozostaje taki sam; w innym obszarze Monica widzi coś w rodzaju dyszy wychodzącej z sufitu. W pewnym momencie z dyszy zaczyna wypływać woda.

Monika zaczyna rozumieć.

Z całych sił próbuje wygiąć kraty, żeby jakoś przejść, ale oprócz tego, że jest oszołomiona narkotykiem, jest też wyczerpana nagłym upałem.

„Widzisz, mój drogi przyjacielu od gimnastyki, powinieneś już zdać sobie sprawę, że jeśli chcesz przejść na drugą stronę, musisz zdjąć ten głupi kostium, widzisz, kraty nadal tam będą, dopóki go nie zdejmiesz. Och , i wiesz, że możemy w każdej chwili strzelić ci strzałkę ze środkiem usypiającym i zrobić, co chcemy, jeśli okażesz się głupio głupi. Hej, daj spokój, teraz temperatura przekracza czterdzieści stopni, woda jest dość zimna, nie chcesz się ochłodzić ? _

Instynkt przetrwania Moniki bierze górę nad dumą.

Nie bez trudności, biorąc pod uwagę wilgoć, zmęczenie i pot, udaje mu się całkowicie rozebrać i rzucić swoje „głupie przebranie" na podłogę.

Nic się nie dzieje.

„Hej, rozebrałem się, co jeszcze chcesz, żebym zrobił? Cholera!" Monica krzyczy z nutą frustracji w głosie.

Po sadystycznym oczekiwaniu kobieta odpowiada.

„Umieść to głupie przebranie w tym gnieździe"

Spod szyby wychodzi pojemnik. Monika zakłada kostium.

Członek 231 wącha pot świnki morskiej w kostiumie.

W odpowiedzi mężczyzna naciska przełącznik, drążki się podnoszą, Monica rzuca się pod prysznic i pozwala wodzie spływać po całym ciele, ignorując wścibskie spojrzenia porywaczy.

Światła znów się zapalają.

Kobieta bije brawo.

- Dobra robota, czy widzisz, że nie jesteś taki głupi, jak sugeruje twój wygląd?

Kobieta zaczyna widzieć swoją ofiarę w innym świetle; myśli sobie.

„Cholera, co za budowa ciała. Teraz rozumiem obsesję Roberta i Soni na punkcie tej kobiety. Chyba nigdy nie widziałem tak dobrze zrobionego królika doświadczalnego wśród wszystkich sportowców, z którymi eksperymentowałem przez ponad dwadzieścia lat, nawet chociaż lubię mężczyzn. „Taka kobieta może zamienić każdego w lesbijkę. Prawie prawie... Mógłbym ją od razu unieruchomić, ale zobaczymy, jak potoczy się walka; Nie robiłem tego od lat, ale sprawię, że uwierzysz, że możesz uciec...", chociaż zmodyfikowani ludzie narzekają, jeśli jeden z ich towarzyszy jest ranny „

„Teraz moja piękna Moniko, moi ludzie wejdą i unieruchomią Cię, tymczasem mam inne zajęcia, proszę, zachowuj się, jeśli nie chcesz być... DO BUDYNKU W RĘKACH KAPITANA Doprowadzić ją do biura całkiem związaną w piętnaście minut .

Członek 231 wpuszcza pozostałych dziesięciu zmodyfikowanych ludzi, uzbrojonych tylko w pałki, łańcuchy i kajdanki, jeden w czerwonym garniturze, innym niż pozostałe.

Monica jest naga, mokra i wyczerpana upałem, ale jej przyzwyczajenie do walki nauczyło ją oceniać każdą sytuację.

Policz dziesięć, których kapitanem musi być czerwony. Nie wydają się nosić broni innej niż pałki. I z tego, co rozumie, chcą ją żywą. To ogromna zaleta dla kogoś takiego jak ona. W obliczu absurdalnej sytuacji postanawia podjąć przynajmniej jedną desperacką próbę.

Dwóch z nich podchodzi za nią z kajdankami i krawatami, dwóch kolejnych przed nią; pozostali czekają z pałkami gotowymi do interwencji.

Kiedy biorą ją za ramiona od tyłu, trzyma je mocno i rzuca nimi na dwóch z przodu, rzucając ich na ziemię; dwójka złapana przez nią zostaje zneutralizowana przez gwałtowne uderzenie obiema głowami o siebie.

Teraz ze wszystkich stron zbliża się jednocześnie pięciu mężczyzn uzbrojonych w pałki. Potężnym, szybkim instynktownym skokiem rzuca się na jednego, rozbraja go i zdobywa pałkę. Pozostali rzucają się na nią, a dwóm udaje się gwałtownie uderzyć ją w kolana, powodując upadek. Pozostali dwaj wykorzystują to i uderzają ją ponownie w brzuch, ale ona, jakby nie zauważyła ciosów, otacza ich saltem.

Członek 231 obserwuje scenę z ukrytej kamery. Wysłał dziesięciu zmodyfikowanych ludzi, wyszkolonych w walce, uzbrojonych w pałki. Walczył z nimi z imponującą łatwością. Jego skoki i kopnięcia były niesamowite. Zostało ich trzech. Monica upuściła pałkę, jej ręce były jeszcze bardziej śmiercionośne. Swoimi marmurowymi nogami ściskał jedną ofiarę, aż straciła przytomność, a obiema rękami przytrzymywał resztę do ziemi. Zwraca się do jedynego ocalałego, „kapitana".

Z tego, co widział, żyła prawdopodobnie mniej niż połowa. Śmiertelna broń, zaciekły wojownik.

Biedak podaje jej drżące klucze, a ona uderza go pięścią, jakby była zrobiona z papieru.

"Wyjątkowe. Weź kolejne dwadzieścia w..."

Członek 231 opuszcza monitor, aby zejść.

Grupa zmodyfikowanych ludzi, oprócz dwudziestu, posiada sieć ułatwiającą im pracę.

Po schwytaniu jej siecią jak zwierzę, udaje im się przykuć kajdankami do jej pleców i kostek i założyć jej coś w rodzaju obroży.

Zdejmują to z sieci.

"Spojrzeć w górę"

Monica stoi przed członkiem 231, około ośmiu cali wyższym od niej.

Z bliska może docenić jej ciało, wciąż dyszące od zaciętej walki, która wciąż trwa.

Zmodyfikowany człowiek trzyma ją związaną, dwóch innych trzyma jej ręce, już skute kajdankami, z dwoma łańcuchami przy kostkach, również związane.

Naga i mokra.

Zachwyca niepohamowana kobiecość, piękno połączone z siłą, okaz bardziej wyjątkowy niż rzadki.

Te pulsujące piersi były takie atrakcyjne.

„Wiesz kochanie, zdecydowanie jestem hetero, mam bzika na punkcie mężczyzn. Ale ty... tu jest coś wyjątkowego, wyrzeźbiony brzuch... jakie ramiona i barki... i twoje nogi, jaka doskonałość... ty" spocony... gorąco"

Ciemnowłosa sportsmenka sięga czasów, gdy była związana i torturowana przez Sonię.

Teraz znalazł się w znacznie gorszej sytuacji i to nie tylko dlatego, że nie widział wyjścia.

Związany Nagi Ta kobieta patrzy na nią.

Serce zaczyna mu mocno bić w piersi, gdy kobieta zaczyna pieścić jego piersi, brzuch, pośladki.

W ostatnim desperackim wysiłku udaje mu się znaleźć siłę, by kopnąć obiema stopami przywiązanymi do twarzy kobiety, która teraz leży na ziemi z krwawiącą wargą.

„Do diabła z moją głupotą... nigdy nie zbliżaj się osobiście do świnki morskiej. Połóż ją do łóżka, używaj podwójnych smyczy!"

Zmodyfikowani ludzie, pomimo przewagi liczebnej, kajdanek, smyczy i łańcuchów już przymocowanych do Moniki, walczą długo, zanim przywiążą ją całkowicie do łóżeczka, zawiążą jej oczy i zakneblują retraktorem.

„Teraz jest bezpiecznie, proszę pani"

„Dobrze. Trzymaj się z daleka"

Podchodzi do łóżka z kobietą związaną jak salami.

Liczba pasków nieco ogranicza odsetek nagiej skóry, którą można podziwiać, ale w każdym razie jest to ładny widok iw tym momencie najlepiej być bezpiecznym.

„Widzisz, suko, nikt mnie nigdy nie kopnął. Teraz jestem uczciwą kobietą i nic ci nie zrobię, bo muszę cię zostawić nietkniętą dla... dwóch osób, które dobrze znasz, jesteś nagroda dla nich, wiesz?" I powstrzymuję się. Nadejdzie czas, chłodno, kiedy sprawię, że zapłacisz. Jak już ci mówiłem, czasu wcale nie brakuje"

Mówiąc to, bierze jej prawy sutek i mocno go ściska.

Monica wije się bardziej z upokorzenia niż z bólu.

„Podoba mi się dźwięk nagiego ciała na paskach. Zabierz to do biura. Przywiąż do wózka z deserami, sam to naprawię".

Monica nic nie widzi z powodu opaski na oczach, po prostu czuje, że jest zabierana gdzie indziej.

Drzwi się zamykają. Fachowe ręce kilku osób szybko zakładają nowe paski przed usunięciem starych. Z doświadczeniem i maniakalną cierpliwością zostaje unieruchomiona do stania.

Zimna woda na całe ciało.

Mydło.

Ręce kilku osób, ale pośpiech, nie czują pragnienia. Czuje się jak przedmiot.

Spłukują go.

Teraz tą samą procedurą unieruchamiają ją w samochodzie, zawsze trzymaną.

Rozciąga się, aż sprawdzi, czy nie ma możliwości ruchu.

Jakby tego było mało, zakładają pasy nad i pod kolanami, na udach zarówno pośrodku, jak i w okolicy pachwiny, na pasie, na brzuchu, nad i pod biustem, na szyi, nad i pod biustem. łokcie. W ustach kolejny retraktor z unoszącym się prętem, jedynym otworem, przez który może oddychać, ponieważ nos jest zamykany na klipsy. W oczach obwódka, która oprócz tego, że nic nie pokazuje, nie pozwala mu ruszyć głową ani o cal.

Jest nieubłaganie nieruchomy.

Gdyby chcieli ją zabić, to by to zrobili. Co się z nią stanie? O jakich dwóch osobach ona mówiła?

Jego rozmyślania przerywa wrażenie, jakby na jego ciało spryskała się jakaś piana.

Pociągasz przełącznik i czujesz spadek temperatury.

Zostajemy z Robertem i Sonią w biurze.

„A to cięcie, członek 231?"

Pani uśmiecha się i odsłania rozcięcie na wardze.

„Ty gazet nie czytasz, prawda? Tak lepiej, wszystko będzie piękniejsze. Ach, to cięcie, które mam? No nie martw się, nic poważnego, ktokolwiek to zrobił, będzie miał czas żałować, biorąc pod uwagę co tu czeka. A teraz zgódźcie się być moimi gośćmi na dzisiejszej kolacji. Przy okazji, pozwoliłem sobie zablokować systemy telematyczne w waszych pokojach, więc nie będziecie mogli śledzić wiadomości... ale tylko na dziś. "

„Chętnie przyjmujemy, Członek 231. Do zobaczenia wieczorem"

Członek 231 na ogół je sam lub ze wszystkimi, rzadko je z innymi ludźmi.

Robert i Sonia idą do pokoju swojego szefa.

„Witaj, przyjdź wcześniej. Rozumiem cię, wiesz? Usiądź".

Trzy krzesła, nic pomiędzy.

"Ale co...?"

„Kelnerzy, proszę"

Dwóch zmodyfikowanych ludzi wchodzi z wózkiem.

Robert rozpoznaje wózek: ofiary są całkowicie unieruchomione, a ich ciała oblewane jedzeniem, by w niecodzienny sposób umilić obiady. Tym razem ciało było całkowicie zakryte. Lodówka utrzymywała niską temperaturę do przechowywania kremu. Arcydzieło, tym razem byli zajęci. Krem i beza na całym ciele. Duże piersi były pokryte kremem z wiśniami na sutkach. Twarz pokryta wydrążonym melonem i szynką wokół niej. U góry rurka do oddychania. Kokos pośrodku w okolicy pachwiny, strategiczny. A potem krem. Krem i beza.

Niska temperatura sprawiała, że świnka morska drżała, ale ruch był prawie niemożliwy z powodu niezliczonych pasów, które ją obejmowały.

Była całkowicie zakryta, ale już mogli się domyślić, że sylwetka kobiety jest imponująca: wysoka, smukła, ale ze znaczną masą mięśniową, ujędrniona i pełna klatka piersiowa; a najlepszego jeszcze nie widzieli.

Kelner przynosi rozpuszczoną czekoladę.

„Służ sobie"

Sonia wylewa gorącą czekoladę na jego brzuch. Ofiara sapie, po czym następuje „nnnggghhhh!" uduszony.

Goście zaczynają delektować się przysmakiem z brzucha.

"Fajny ten układ, powinniśmy to robić trochę częściej"

Robert żartuje, zanurzając srebrny widelec w bezie.

Po kilku minutach brzuch jest całkiem nagi. Goście mogą docenić muskularny, wyrzeźbiony brzuch, ale wciąż falisty i gładki. Świnka morska jest ciemnoskóra, ale zachodnia.

Robert lubi drażnić ją czubkiem widelca, wywołując drobne, niedostrzegalne skurcze mięśni brzucha.

Element 231 dezaktywuje czynnik chłodniczy.

– Czas spróbować, nie sądzisz?

Sonia wylewa gorącą czekoladę na odsłonięty już brzuch. Świnka morska wydaje okrzyk i wije się jeszcze bardziej. Mimo pasków jego pociągnięcia sprawiają, że lukier spada na prawy sutek, po stronie Soni.

„Ale spójrz, wygląda na to, że nasza mała przyjaciółka się buntuje. Spójrz, Robercie, zrujnowała wystrój".

Robert interweniuje.

„No to tymczasem zaklejmy pasy"

Monice, przez warstwę jedzenia, udaje się usłyszeć głosy. Te znajome głosy... nie... to niemożliwe. To musi być koszmar...

„Gdzie jest guzik, Soniu? Ach, jest, jaki głupi"

Usłyszenie tego imienia jest dla Moniki jak cios w serce, która w panice zaczyna się wić z całej siły, na jaką ją stać.

Drugi lukier odpada, część bezy wokół ramion ustępuje, ramiączka wydają się poluzować.

Robert naciska guzik.

Smycze są zaciśnięte, aż świnka morska znów się uspokoi i zacznie wyraźniej oddychać.

Wysiłek i pot stopiły część zdobienia, teraz widać barki, pachy, bicepsy, uda, oprócz brzucha już odsłonięty.

Teraz oboje mogą zobaczyć więcej szczegółów ciała ofiary, docenić zarys mięśni i jędrność ciała. Nie pamiętają, żeby kiedykolwiek widzieli taką świnkę morską.

"Ten krem wygląda apetycznie"

To wywiera presję na Sonię, która od razu zaczyna łapczywie lizać swoje piersi, a za nią Robert.

Bardziej niż zjedzenie doskonałego kremu, jego celem jest odkrycie fantastycznych, obfitych, jędrnych, okrągłych piersi, idealnie połączonych z piersiami, których kulminacją są duże, ciemne i mięsiste sutki.

Po odpięciu pasków nad i pod biustem obserwują, jak skurcze mięśni piersiowych powodują żywiołowy i buntowniczy ruch piersi.

Pod pachami zaczyna się gromadzić pot.

Obaj z niepokojem przesuwają palce i język.

„Chcę zobaczyć, jak się wije... Mam pomysł"

Robert kładzie rękę na fajce i zamyka ją.

Po minucie świnka morska zaczyna się poruszać jak wściekła. Sonia tymczasem w paskudny sposób gryzie sutek, przez co świnka morska podskakuje.

Robert otwiera respirator.

Pierś zaczyna gorączkowo unosić się i opadać, Robert korzysta z okazji, by lizać ją łapczywie.

Powtórz zabawę trzy lub cztery razy obserwując, że krem jest już prawie całkowicie rozpuszczony.

Członek 231 ogląda je z przyjemnością; zastanawia się, czy już coś podejrzewają. W tym momencie on również uczestniczy, gryząc wewnętrzną część uda świnki morskiej i obserwując, jak kurczą się jej mięśnie. Nigdy nie zdarzyło mu się, żeby pragnął kobiety... aż do teraz.

Po dwudziestu minutach okrutnych gier ciało jest zupełnie nagie, z wyjątkiem ramiączek. I twarz zakryta.

Robert i Sonia zatrzymują się na chwilę, aby go podziwiać.

Definicja, falistość całości jest niesamowita. Nogi, które wydają się mieć marmurowe pośladki.

„Muszę powiedzieć, że tym razem osiągnęliśmy granicę. Nie sądzę, aby mogło być piękniejsze ciało niż to. Czyja to będzie twarz. Tylko jedna osoba może się z tym równać i wiesz, o kim mówię, Robercie. .."

Obaj patrzą na siebie.

Na ich twarzach pojawia się cień wątpliwości.

Członek 231 rozumie.

„Chłopaki, myślę, że chcecie nacieszyć się tą chwilą w samotności, ale najpierw... tu, wczorajsza gazeta. Proponuję przeczytać tytuł na drugiej stronie... potem możecie zabrać tego głupiego melona".

Odchodzi i wychodzi z pokoju.

Oboje zdają sobie sprawę, że być może...

Ich serca biją tysiącem.

Sonia czyta głośno:

„SENSACYJNA: Fantastic Girl okazuje się być obietnicą światowej lekkoatletyki Moniki G., uważanej przez wszystkich za niemal kosmitę ze względu na swoje atletyczne dary, nie tylko ze względu na urodę. Ale dzień schwytania udaje jej się jakoś uciec. Być może z pomocą wspólników. Faktem jest, że zneutralizowała dwóch strażników i uciekła. Nikt jej nie znalazł, nie pojawiła się na szkoleniu. Policja wydała już alarm graniczny. Prawda jest taka, że zanim była uwielbianą przez wszystkich bohaterką, po zabicie dwóch funkcjonariuszy jest winne zabójstwa... "

Monika słyszy słowa Soni i zaczyna rozpaczliwie płakać. Teraz wszystko jest jasne. Jest naga, unieruchomiona i zdana na łaskę dwóch szalonych psychopatów. Z siłą desperacji, płacząc, ciągnie nienaturalnie paski, udaje jej się zerwać te, które otaczają jej prawy łokieć.

Robert naciska przycisk „awaryjny", a z mechanizmu natychmiast wyskakują dodatkowe paski, bezpowrotnie unieruchamiając świnkę morską; teraz możesz zobaczyć jej łzy rozpaczy pod melonem.

Robert i Sonia podchodzą do świnki morskiej, powoli wycierając serwetkami resztki jedzenia pozostałe na ciele, pozostając sadystycznie na wszystkich wrażliwych na dotyk miejscach, podczas gdy ona wije się z rozpaczy.

Kiedy nie ma już siły płakać, zajmują się melonem i rurką, odsłaniając twarz i oczy.

Monica już to ma, ale zobaczenie ich prosto w twarz jest jak dźgnięcie. Jak to się mogło stać? Nigdy nie wybaczy jej dziwactwa bycia superbohaterem

Sonia i Robert obserwują ją z zachwytem. Marzenie się spełniło.

Monika w jego obecności bezbronna, ale z całych sił. Twoja siła fizyczna nic ci nie da. Teraz należy do nich.

Jak opętani zaczynają całować ją w twarz, w uszy, pieścić z odnowionym pragnieniem; podczas gdy Robert pielęgnuje twarz, piersi, Sonia ślizga się nerwowym językiem i palcami po brzuchu, udach, pośladkach, genitaliach.

Monika zaczyna krzyczeć w panice i frustracji, pasy ciasne w trybie „awaryjnym" uniemożliwiają jej poruszanie się, pociła się od kilku minut i to nie z wysiłku fizycznego.

„Puść mnie! Cholera, czego ty ode mnie chcesz? Ty robale, uczyliśmy się razem od lat... nie... nie... przestań... nie próbuj, wiesz... aaaaahhhhhhhh !"

Robert, dając jej upust, z irytacją gryzie jej prawy sutek, podciągając boleśnie dla biednej świnki morskiej, jednocześnie ściskając dłonią lewy.

Sonia zajmuje się dolną partią, nie bez cienia złośliwości, świadoma „kąpieli", do której zmusiła ją Monika. Gryzie, szczypie, bada językiem.

Monika, płacząc, ciężko oddycha i próbuje wymyślić możliwe wyjście.

Widzi jego wspaniałą pierś lśniącą od potu, czuje pożądanie jego oprawców, ich języki i palce ślizgające się po niej.

Zaczyna się dziwić, gdy ogarnia ją dziwne uczucie; daremne próby uwolnienia się naznaczone są gardłowymi, niemal zwierzęcymi dźwiękami. Paski w trybie awaryjnym, choć są bezpieczniejsze, pozwalają na minimalną swobodę ruchów, będąc bardziej elastycznymi; W ten sposób Mónica ma okazję je zmusić, podkreślając swoje imponujące muskuły, za co wielkie podziękowania należą się Robertowi i Soni. Wie, że nie ma szans, ale wciąż ciągnie, jak zwierzę, prawie... jakby lubiła, żeby ta dwójka widziała ją w takim stanie. Nie, to niemożliwe.

Po niezliczonych szarpnięciach, którym towarzyszyły warczenia, Sonia zauważa niewątpliwy znak pobudzenia świnki morskiej.

"Hej Robert, chodź zobaczyć tę małą sukę..."

Robert kładzie palec w polu ofensywnym.

„Ale spójrz, kto by pomyślał, że"

Uśmiechają się do unieruchomionej ofiary, która stara się ukryć zaczerwienienie na policzkach.

Monica, desperacko próbując odrzucić tę myśl, zaczyna krzyczeć.

„Pomocy... Hej, czy ktoś mnie słyszy? Wy dwoje macie bardzo dziwne pomysły, do cholery, jeśli kiedykolwiek się uwolnię, nie pozwolę wam wstać, tak jak kilka ostatnich razy"

Członek 231 wpada do pokoju z dziesięcioma zmodyfikowanymi ludźmi.

„Proszę państwa... mamy na to mnóstwo czasu. A teraz niech zmodyfikowani ludzie zabiorą ją do jej celi, a ja zamienię z nią kilka słów... w końcu jesteś moim gościem, brudna suko".

Przejedź palcem po jej brzuchu, aby dotrzeć do sutka i ściśnij.

Monica wije się i patrzy dumnie, wyzywająco na kobietę.

„Ty i ja musimy porozmawiać o tym, kto tu rządzi, a komu NIE wolno patrzeć na mnie w ten sposób".

Mówi, że to ciężkie, ale kontrolowane.

Zmodyfikowani ludzie jadą z samochodem.

CZĘŚĆ PIĄTA
CIAŁO MONIKI - FANTASTIC GIRL

Przedstawiamy nową świnkę morską

Na wyspie panuje wielkie poruszenie. Wszyscy wiedzą, że jest nowy nabytek. Jest to dość powszechne zjawisko, ale tym razem wydaje się, że jest inaczej. Po części dlatego, że wszyscy wiedzą, kim jest Monica G., jej sprawnością sportową, sposobem, w jaki została złapana jako superbohaterka; Po wiadomości o schwytaniu wszyscy poszli zobaczyć zdjęcia kobiety w Internecie, zrobione z artykułów sportowych lub z filmów, w których brała udział w skoku o tyczce. Przede wszystkim wszyscy zastanawiają się, dlaczego nie została zaliczona do królików doświadczalnych, jak wszyscy inni. Powoduje to lekkie niezadowolenie na wyspie, więc członek 231 wzywa Roberta i Sonię do swojego biura.

Obaj wciąż są w szoku po zdobyciu obiektu pożądania.

Sonia zabiera głos.

„Ten... członek 231, naprawdę nie wiemy, co powiedzieć... podziękowanie to niewiele"

Łzy radości w jej udręczonych oczach, niemal niedowierzania z powodu otrzymanej łaski.

Robert zachwycony, nie może mówić.

Teraz mogą zemścić się na tym, kto ich upokorzył w przeszłości, a jednocześnie mieć to tak, jak chcą i kiedy chcą.

Fantazje obojga szaleją, odnowione przez to, czego zawsze chcieli, możliwe tortury, próby siły, a nawet trzymanie jej nagiej i związanej w pokoju, aby ją upokorzyć.

Członek 231 przerywa bredzenie tej dwójki.

„Chłopaki przede wszystkim nie macie mi za co dziękować. Mieć tutaj taki okaz jak Monika to było coś na co czekaliśmy od dawna. Taka okazja jak ta nadarzyła się przez jej 'głupotę', by zostać superbohaterką z tym co On nam to ułatwiło. Powodem, dla którego nie musisz mi za nic dziękować... jest to, że KAŻDY na wyspie będzie mógł docenić... Twoje cechy, a ponadto istnieje wiele testów - eksperymentów, które wymagają kobiety z te cechy"

Oboje nigdy nie rozważali tego z tego punktu widzenia i odrobiny gniewu - zazdrość zaskakuje ich.

Sonia, trochę przestraszona, interweniuje.

„Ale... cóż... z całym szacunkiem, ale wykorzystywanie samicy... eee... świnki morskiej z takim potencjałem do pewnych testów wydaje się marnotrawstwem..."

„Och, ale masz na myśli szkody, jakie może to spowodować... wiesz co? Praktycznie skończyłeś „maszynę regeneracyjną"; cóż, potraktuj to jako zachętę do przyspieszenia przygotowań; i daj spokój, nadal będziesz miej to.Robert, tak drogo nadrabiasz. Jest nas sześcioro, częściej niż raz w tygodniu możesz się z nią 'pobawić', może nawet z kolegą".

Robert i Sonia czują się nieco zziębnięci początkowym entuzjazmem, ale zdają sobie sprawę z sytuacji, w jakiej się znajdują.

„Ujmijmy to tak, masz dwa dni na skompletowanie maszyny, więc... no to Monika będzie musiała przejść przez ręce naszego Pawła, miłośnika bata; i nawet przez moje ręce, skoro ona i ja mamy niedokończone sprawy."

Monika spędza noc w swojej celi. Gdyby nie zmęczenie fizyczne, nie mógłbym spać; zbyt wiele pytań w jego głowie o to, gdzie jest, co go czeka w przyszłości. Jaki jest cel tych ludzi? Co jej zrobią? Przetrwać do? Zarówno upokorzenie, jak i fizyczny ból ją przerażają. Na poziomie fizycznym nigdy nie miał problemu z trwałym bólem i zmęczeniem. Ale czym było to uczucie opuszczenia i ulgi, które niewiele ją napełniało, kiedy była naga i związana w rękach tej dwójki?

Budzi go pukanie w materac, ona ma na sobie lekki garnitur.

„Obudź się kochanie, moja krnąbrna świnko morska".

Monica zdaje sobie sprawę, że to nie czas na bunt i nie mówi niczego lekceważącego członkowi 231.

"Na stojąco".

Ona jest posłuszna.

Członek 231 normalnie powinien w tym momencie nakazać zmodyfikowanym ludziom wejście, unieruchomić jej ręce i stopy, a następnie zabrać ją na siłownię, ćwiczyć, utrzymywać w formie; Najważniejszą rzeczą w dzisiejszych czasach jest ocena jego potencjału i celu, w jakim można go wykorzystać.

Normalna procedura przewiduje, że po porannej pracy na siłowni i basenie świnkę morską karmi się, pozwala odpocząć przez kilka godzin, a następnie prosi o wykonanie specjalnego treningu, który może obejmować bieganie, elektrostymulację, pływanie lub określone ulepszenia. Potem ostatni prysznic, kolacja i dla najprzyjemniejszych okazów wieczór z jednym z mieszkańców wyspy, aby „umilić" pobyt. Oczywiście wszystkie sesje treningowe świnek morskich są nadzorowane przez co najmniej pięciu zmodyfikowanych ludzi; Świnki morskie są zawsze unieruchamiane lub umieszczane w miejscach, w których nie mogą wyrządzić krzywdy (takich jak wysoki basen, ogrodzona ścieżka na wyspie i siłownia z barami).

Poseł 231 jednak zamiast przejść przez normalną procedurę daje się skusić, nie ma cierpliwości czekać na swój wieczór.

„Słuchaj, suko, nie chcę, żeby moi uzbrojeni żołnierze cię przygwoździli, skrzywdzili lub ewentualnie ukarali; powinieneś wiedzieć, że w każdej chwili możemy cię ogłuszyć pistoletami ogłuszającymi, aby w ten czy inny sposób uzyskać twoje posłuszeństwo; więc mam nadzieję, że jesteś na tyle sprytny, by mnie słuchać"

Cisza.

„Cóż, zacznij biegać w miejscu".

Monika, nieco zaskoczona tą prośbą, mimo zdenerwowania dumą z bycia nazwaną „suką", zaczyna biec.

Jego kłus po podłodze pokoju jest lekki i bez trudności.

„Cóż, podnieś kolana trochę wyżej"

To robi.

Po pięciu minutach lekkiego joggingu Monica nie odczuwa najmniejszego zmęczenia.

„Podnieś je wyżej"

Monika wygląda jak sprężyna, nie ma najmniejszych trudności. To imponujące, jak łączy moc z wdziękiem i elastycznością.

Twoje nogi są jednym z ciałem w ruchu.

Idealna całość.

„Zatrzymaj się, odetchnij trochę"

Monica korzysta z okazji, by złapać oddech (nawet jeśli tego nie potrzebowała).

Członek 231 nie zauważa kropli potu na twarzy świnki morskiej.

„Pompki, Monika; zacznij pompki; stopy razem, ciało wyprostowane; nie przestawaj, dopóki ci nie powiem"

Zaczyna się.

Doskonały.

Imponujący obiekt.

Po kolejnych pięciu minutach nie wykazuje żadnych oznak osłabienia.

Członek 231 musi iść do łazienki.

„Kapitan sprawdzi, czy jeszcze robisz pompki; zaraz wracam; ach, proszę nie zatrzymywać się i nie zwalniać, bo inaczej... odejdź, suko".

Gdy kobieta odchodzi, Monica kontynuuje ćwiczenie. Teraz trochę żałuje, że dzień wcześniej źle odpowiedział kobiecie. Ale wie, że działał zgodnie ze swoim instynktem, a jego duma pozostaje nienaruszona.

Członek 231 wraca z łazienki i obserwuje świnkę morską. Jego ruch jest zawsze regularny i płynny, ale oddychanie zaczyna być trudne.

Po piętnastu minutach, licząc jedną pompkę na sekundę, wykonasz prawie dziewięćset pompek.

Widział trzy tysiące samców świnek morskich; w każdym razie, kiedy doszli do tysiąca, ich tempo dramatycznie spadło. Monica ... no, tylko trochę westchnąć.

„Z tobą chcę, żeby obserwacja była podwojona... a raczej potrojona; Kapitanie, niech przyjdzie jeszcze dziesięciu; musi być piętnastu, z których pięciu jest uzbrojonych. Cholera... Chcę zobaczyć, jak się pocisz, ja " Niecierpliwię się. Ty, podnieś trochę temperaturę"

Zrobione.

Monika zaczyna czuć się zmęczona, pot pojawia się zarówno ze zmęczenia, jak i od upału panującego w pomieszczeniu.

W pewnym momencie nieuchronnie zaczyna zwalniać.

Członek 231 jest zadowolony z uzyskanego wyniku.

„Cóż, gratulacje; wstań"

Monica, ciężko oddychając, wstaje.

Dla niej był to pokaz treningu, ale nic szczególnie wymagającego; przeszkadzał mu tylko wzrost temperatury.

To jest chwila, na którą czekałeś.

"Rozbieraj się".

Niechętnie to robi. Wyjdź z górną częścią garnituru.

„Całkowicie; chcę cię zupełnie nagiego"

Zrobione.

„Nogi rozstawione i ręce nad głową".

Nigdy wcześniej nie widziała tej wizji. Jednak przez te wszystkie lata widział wielu atletów, kilku czarnych; pot sprawia, że ich piękne kształty lśnią.

Z wnętrza celi Mónica robi to, co jej nakazano, by uniknąć natychmiastowego odwetu, zachowując przy tym dumny wyraz twarzy, świadczący o jej nieuległym temperamencie.

Na sygnał kobiety dziesięciu zmodyfikowanych ludzi wchodzi do celi, unieruchamiając ją podwójnymi pasami (zgodnie z poleceniem kobiety) do pręta z hakami, który wysunął się z sufitu celi, pozostałych pięciu w bezpiecznej odległości za pomocą ogłuszenia wycelowana broń.

Do czasu, gdy jej nadgarstki są przyszpilone do sufitu, Monica wciąż ma wolne nogi i wie, że mogłaby znokautować co najmniej pięć lub sześć z nich; ale jak postępować z innymi, a zwłaszcza z uzbrojonymi ludźmi? Pozwala to również na przywiązanie kostek do podłoża. Jest teraz związana na stojąco.

– Podciągnij to trochę.

Kapitan obsługuje bar za pomocą pilota, zbliżając go do sufitu. Kiedy stopy Moniki znajdują się cztery cale nad ziemią, a jej ruchy ograniczają się do pewnego kołysania, mechanizm zatrzymuje się.

Członek 231 jest zachwycony.

Powoli podchodzi do Moniki w łańcuchach i obwąchuje ją.

Twój pot ma przyjemny zapach. Piersi po wysiłku mają piękny różowy kolor; klatka piersiowa unosi się i opada ukazując całą zwierzęcą kobiecość kobiety.

Język pod pachami. Monica, która starała się pozostać bez ruchu, aby nie zadowolić kobiety, szarpie się w niekontrolowany sposób i szarpie za ramiączka, ku wielkiemu uznaniu członka 231.

„Mmmm, czy to możliwe, że masz łaskotki? Zobaczymy, zobaczymy, może innego dnia. A teraz zostaw nas w spokoju".

Zmodyfikowani ludzie wycofują się. Monica zastanawia się, czego ta kobieta od niej chce. Wie, że nie powinien był ranić jej wargi, teraz pokrytej bandażem. Wykonuje odruchowy gest i zaczyna szarpać za paski, które jednak, będąc częściowo elastycznymi, pochłaniają jego wysiłek bez szwanku i bez ustąpienia. Następnie uparcie ponawia swój wysiłek, zginając ręce i nogi na tyle, aby uzyskać większą dźwignię.

„Hej, wróćcie tu na chwilę! Szybko"

Zmodyfikowani ludzie powracają ze świetnym biegiem.

„Chcę, żebyś dodała więcej pasków; lepiej bądź ultra bezpieczna, nawet jeśli i tak nigdy nie mogłabyś ich zerwać, suko".

Monica jest zdenerwowana, ale zachowuje swoją postawę i nie okazuje odrzucenia. Rzeczywiście, nie dałoby się wyrwać, ale kobieta bardzo się go boi, po poprzednim kopnięciu.

Teraz jest jeszcze ciaśniejszy niż wcześniej, a dodatkowe paski ograniczają swobodę ruchów.

„Teraz możesz iść"

Teraz są sami.

Członek 231 wpatruje się w Monikę przez pięć minut i pozostaje bez ruchu. Monika nic nie mówi i nie zdradza emocji.

- Cóż, masz dobry humor, psie.

Monica ma dumne spojrzenie i unika spojrzenia kobiety.

Oddech jest teraz spokojniejszy.

- Ty nie mówisz. Z drugiej strony, co powinieneś powiedzieć? Suki nie mówią. Mógłbyś chociaż przeprosić za moją ranę na ustach, nie nauczyli cię grzeczności?

Cisza.

Na dotyk kobiety na muskularnym brzuchu Monica podskakuje.

„Ach, ale tu jesteś. Słuchaj, bezczelny, za kilka dni będę miał cię całą noc. Nie wiem, skąd pochodzisz, jak możesz być jednocześnie tak piękna i silna? Myślałem, że nie może być nikogo takiego na tej planecie. Och, ale nie martw się. Sprawię, że będziesz cierpieć. Fizycznie. A potem będziesz błagać, żebym ci wybaczył .

Skubać brzuch w okolicy pępka, lizać piersi i sutki. To wydaje się snem. Przygryza jej lewy sutek, a Monica szarpie się, bardziej z dumy niż z bólu, i odwraca głowę na bok.

„Spojrzysz w dół i będziesz błagać, żebym cię pocałował, mówiąc, że jestem twoją jedyną Boginią na Ziemi".

Mocno przygryza jej sutek, Monica tłumi krzyk, ale „nnnggghhhhh!" to mu ucieka.

„Na dziś jest dobrze, ale na tym się nie kończy... spotkamy się wkrótce; wiesz, mam dowództwo na tej zapomnianej przez świat wyspie".

Monika na słowo „wyspa" wpada w panikę. Twoje szanse na ucieczkę są praktycznie zerowe, jeśli jesteś na wyspie.

Na razie jest dumna, że nie uległa kobiecie.

Zmodyfikowani ludzie wracają do swojej codziennej rutyny, a dzień mija gładko.

Sonia i Robert wytrwale pracują nad maszyną regeneracyjną.

W praktyce jest to gigantyczne jajo, w którym każdy, kto siedzi w środku przez pięć minut, może wyleczyć wszelkiego rodzaju rany, choroby i kontuzje. Nie może nic zrobić przeciwko normalnemu starzeniu się, ale noszenie go codziennie może teoretycznie znacznie przedłużyć twoje życie.

Po kilku próbach ze świnkami morskimi po drobnych skaleczeniach, oparzeniach, zadrapaniach, Sonia i Robert poszli dalej, poddając świnki morskie ciężkim urazom, skręceniom, częściowym okaleczeniom, a następnie wyleczyli je z zaskakującym skutkiem. Obecnie kończą testy mające na celu poprawę niezawodności i wydajności maszyny.

Robert testuje to na sobie. Nawet jeśli nie jest ranny ani chory, używa go przez dwie minuty. Będąc na zewnątrz, czujesz się, jakbyś właśnie obudził się z wielodniowego snu, zupełnie nowy, twoja postawa jest bardziej wyprostowana, a twoje ciało bardziej stonowane. Zastanawia się, jaki to może mieć wpływ... na nią. Sonia też go pyta.

Specjalne spotkanie.

Sala konferencyjna z Sonią, Robertem, Julią, Samantą i Pawłem.

Członek 231 wchodzi, pozostali wstają na znak szacunku.

"Dzień dobry drodzy koledzy. Dziś przedstawiam wam długo wyczekiwaną Monikę. Jest w tym wszystkim dużo ciekawości ze strony wszystkich, kobiet i mężczyzn. Wśród nas wyznaję, że kiedy widzę ją bez ubrania, moja heteroseksualność bardzo słabnie. Hej, spójrz na to nagranie: po jej schwytaniu zobaczyłem ją i uderzyła mnie jej budowa ciała oraz twarz, więc wystawiam jej umiejętności gimnastyczne na próbę - walczy, dając jej fałszywą nadzieję na ucieczkę. Mogę ci tylko powiedzieć że była nieuzbrojona (oprócz tego, że była naga, nie mogłem jej nie rozebrać) przeciwko dziesięciu zmodyfikowanym ludziom uzbrojonym w łańcuchy i pałki...

Film walki przebiega od pierwszych chwil, w których jest widziana w otoczeniu, w momencie ataku, następnie do ciosów, które otrzymuje, ta, która wstaje jak gdyby nigdy nic, jej chwilowe zwycięstwo. Po scenie wideo kontynuuje wejście pozostałych dwudziestu, którzy łapią ją, nie bez trudności, dzięki sieci, a także oczywistej przewadze liczebnej. Scenie walki członka 231 towarzyszy ogólne zdumienie „Oohhh". Następnie została przywiązana pasami do łóżeczka. Na końcu filmu kilka nieruchomych obrazów ukazuje niektóre niemal nienaturalne ruchy akrobatyczne, a także jego wspaniałe formy.

Julia i Samantha, notorycznie hetero, patrzą na siebie z zaniepokojeniem.

„Członek 231, masz rację; nie znam mojej koleżanki Samanthy, ale widząc taki okaz, mogę dość łatwo zmienić stronę; hej, spójrz, kiedy ją uderzą, ma szalony ruch; zwierzęcy, ale miły; potężny ale kręta, prędkość niemal nieludzka egzekucja... mmm... kto wie, ilu rzeczy możemy go skłonić do spróbowania " .

Poseł 231 interweniuje.

„Cóż, bez dalszych formalności, oto oryginał".

Zmodyfikowani ludzie noszą klatkę. Wewnątrz Monica ma na sobie fioletowy kostium kąpielowy. Jest przykuty łańcuchami na nadgarstkach, kostkach i z kołnierzem przymocowanym do górnej części klatki, z niewielką możliwością poruszania się. Zabandażowany iz refraktorem w ustach.

- Zakneblowałem ją, jest buntownicza, nie chcę, żeby obraziła moich drogich towarzyszy. Mnie już obraziła, ale ja nie jestem podatny... no, też dlatego, że wiem, co ją czeka.

Monika zdaje sobie sprawę, że obserwuje ją kilka osób, ale udaje obojętność.

Paul bierze elektryczne żądło i uderza ją w prawy pośladek, powodując, że świnka morska sapie, gdy zaczyna się wycofywać.

Łańcuchy, choć grube i bezpieczne, zapewniają swobodę ruchów, przybliżając brzuch do przodu klatki; ale tam Sonia czeka na nią, ona też z żądłem i uderza ją w brzuch, zmuszając ją do odwrotu.

Pozostali dołączają do gry, a dla Moniki sytuacja staje się co najmniej „pilna". Dokuczają jej po kolei, z każdej strony klatki, czasem w krótkich odstępach czasu, czasem z sadystycznymi przerwami, bez słowa.

Użądlenia nie są szczególnie bolesne, zwłaszcza dla tak krzepkiego i zdrowego okazu jak ona, ale są bardzo dokuczliwe, a przede wszystkim powodują niekontrolowane ruchy ciała, oferując oprawcom piękny spektakl.

Jednoczęściowy kostium kąpielowy dodaje odrobinę koloru Twojej osobowości, ale pozostawia niewiele miejsca na wyobraźnię sadystycznych gapiów. Samantha docenia to, jak jej ciało podczas ruchu tworzy bardzo zmysłową dynamikę mięśni, czego nie dało się zauważyć na zdjęciu.

Po kilku minutach Monika zaczyna się denerwować i wić jak dzika furia, zapominając, że proponowała tłumić emocje i frustracje, by nie dać satysfakcji temu, kto ją torturował.

Paul sadystycznie aktywuje żądło w wewnętrznej części uda, przedłużając je przez kilka sekund, uzyskując chrząknięcie stłumione przez ugryzienie. Szum stykających się ze sobą łańcuchów i widok ich owijających to żywe dzieło sztuki to dobrodziejstwo dla sadystycznych oprawców.

Monika jest wykończona. Jej złość przeradza się w frustrację i nie może powstrzymać łez. Mimo to żądła dotykają jej raz po raz, nieubłaganie. Teraz jego klatka piersiowa unosi się i opada konwulsyjnie, wymykając się spod kontroli.

"Zatrzymywać się."

Członek 231 zarządza przeniesienie świnki morskiej na środek stołu, wokół którego siedzą koledzy.

„Kochani, oto program na pierwsze tygodnie: codziennie rano Monika będzie trenować, będzie trzymał formę zgodnie z procedurą; Po południu będziemy robić wszelkiego rodzaju testy, szczególnie w pierwszym tygodniu; w nocy, już wyobrażając sobie, że każdy chce to mieć, pierwsza kolej będzie nasza... być moją zabawką, prawda suko?"

Ponownie drwi z niej swoim żądłem. Monica wydaje wściekłość „nnnggghhhhh", zwłaszcza na słowo „zabawka", nie wiedząc, czego się spodziewać, i zaczyna ciągnąć za łańcuchy. Będąc trochę spoconą, jej ciało wygląda jeszcze bardziej zwierzęco.

„Będziemy musieli przygotować kalendarz... ah, zakładając, że ja, Robert, Sonia i Paweł zechcę, wy dwoje Julia i Samantha? Co o tym sądzicie? zmusza cię"

„Słuchaj, poseł 231, jak powiedziałem wcześniej... myślę, że mogę powiedzieć z absolutną pewnością, że po raz pierwszy będziemy zainteresowani kobiecym ciałem; to przewyższa jakąkolwiek inną świnkę morską, jaką mieliśmy".

Mówiąc to, Samantha przesuwa palcem od pępka do pachy spętanego psa, wywołując u niej kolejną niekontrolowaną reakcję i zdławione „nnggrrrrr".

"Szczekająca suka nie gryzie, spójrz na jej ciało, wygląda jak dzikus" Członek 231 kontynuuje.

„Więc w poniedziałek Julia i Samantha, we wtorek Paweł, w środę odpoczynek (po Pawle bardzo chciałbym zobaczyć czy się jeszcze chwali), w czwartek ja, piątek Robert, sobota Sonia, niedziela odpoczynek. Myślę, że przez pierwszy tydzień może tak być. Dziś sprawdzimy Twoje... możliwości fizyczne, prawda piesku?"

Dotyk, dotyk od tyłu na pośladkach z konsekwentnym startem Moniki.

Rutyna ćwiczeń
"nnnggghhhh"

Monica wzdycha, gdy zmodyfikowani ludzie usuwają jej knebel.

Teraz jest na zewnątrz; po raz pierwszy zdaje sobie sprawę, że naprawdę jest na wyspie; Widok morza wokół Moniki zaczyna się desperacko.

Ale teraz musisz dowiedzieć się, co się dzieje.

Są inne osoby ubrane tak jak ona, nawet w różnokolorowych strojach kąpielowych, kobiety w bikini lub jak ona w jednoczęściowym kostiumie kąpielowym, mężczyźni w majtkach. Wydają się być silnymi fizycznie ludźmi, sportowcami różnego rodzaju. Otaczają ich uzbrojeni zmodyfikowani ludzie, korytarz przypominający otwartą klatkę. Ze swojej pozycji Monica widzi, że korytarz-klatka ciągnie się jak okiem sięgnąć.

Niedaleko nagi mężczyzna jest przywiązany X-przywiązany na wolnym powietrzu do wolno obracającego się mechanizmu, wystawiając go w pełni na działanie słońca. Monica wpada w panikę, a jej krew zamarza na myśl o tym, co mogą jej zrobić.

Pojawia się członek 231 wraz z dwoma idiotami i innymi poza klatką.

„Dzień dobry, świnki morskie”.

„Witam, członek 231”

Świnki morskie odpowiadają chórem, przestraszone, Monica wykluczona.

– Nie nauczyli cię, jak się witać, suko?

Monica stoi nieruchomo z dumnym spojrzeniem.

- Wiesz, że twoja siła tu nie pomoże, prawda?

Kiwa głową i ośmiu zmodyfikowanych ludzi podchodzi do niej w klatce z wycelowaną bronią.

Monika patrzy na nieszczęśnika, którego siłą trzyma się na słońcu i wyrzeka się pychy.

„Dzień dobry członku 231”

„Ale hej, uczymy się dobrych manier; nie jesteś taka głupia, jak się wydaje, suko...”

Monica ma instynktowny ruch, by biec w kierunku ogrodzenia, po omacku wspiąć się na nie i uderzyć ponownie, ale gdy tylko sugeruje ruch, zmodyfikowani ludzie blokują jej drogę i celują w nią bronią.

Członek 231 uśmiecha się.

„Dla tych, którzy nie znają zasad – mrugnięcie okiem do Moniki – jest pięciu mężczyzn i pięć kobiet, plus jeszcze dziesięciu, którzy właśnie skończyli, ale nie mają pojęcia, jak długo już to zrobili... trzykilometrowe okrążenie . Startujemy w losowej kolejności, będzie mierzony czas. Na każdym okrążeniu zatrzyma się najwolniejszy mężczyzna i najwolniejsza kobieta i będą oni uważani za ostatnich sklasyfikowanych. Reszta znowu to samo, co trzy kilometry jest eliminacja Klasyfikacja jest dokonywana w kolejności eliminacji, a następnie według czasów Jest rzeczą oczywistą, że ostatnie trzy zostaną użyte ... do nieprzyjemnych eksperymentów, od siódmego do czwartego ... nic do roboty, drugi i trzeci dzień wolny i pierwszy... cały tydzień wolny"

Monika wyczuwa napięcie u pozostałych „zawodników". To już czwarty wyjazd.

Nie wiesz, jaką strategię przyjąć; wydawało się, że rozumie, że każdy jest sportowcem; Musi konkurować z kobietami, z których niektóre miały bardziej masywną sylwetkę, w krótkich wyścigach; w tych może dominować na długich dystansach, ale boi się eliminacji na pierwszych trzech kilometrach. Tak więc, bez zbytniego kalkulowania, skupia się na byciu częścią wielkiej kariery.

Na pierwszym kilometrze Monika zdaje sobie sprawę, że mężczyzna, który ją ścigał, dogania ją. Nie powinno to stanowić problemu, ponieważ rywalizuje z kobietami, ale po raz pierwszy mężczyzna podąża za nią i jedzie jeszcze szybciej niż ona; być może inni więźniowie zostali „zabrani" ze świata lekkoatletyki; Co więcej, sposób, w jaki są utrzymywane i szkolone każdego dnia, może zwiększyć ich wydajność. Dlatego zaczyna przyspieszać, trochę przestraszona i przestraszona tak zwanymi „eksperymentami". Mężczyzna już się do niej nie zbliża i utrzymuje stały dystans. Pod koniec zwiedzania wyspy dostrzega postać mężczyzny, do którego prawie dotarł. Po przybyciu na metę zmodyfikowani ludzie są przygotowani, a pozostali mają liczniki czasu i komputery. Po mecie zmodyfikowani ludzie zatrzymują go swoją spiczastą bronią; unieruchamiają stojącego przed nią mężczyznę i usuwają go z drogi; wydaje mu się, że jest przerażony i płacze. Oczywiście jest on wyeliminowany jako pierwszy i będąc na pewno ostatnim lub przedostatnim wie czego się spodziewać. Monika, myśląc, że już nie będzie jedną z ostatnich, ostatnie metry pokonuje ze spokojniejszym tempem, przygotowując się do biegu długodystansowego.

Chwila prawdy: mijasz bramkę... nie widzisz żadnych szczególnych ruchów, możesz kontynuować. Teraz rozumiesz okrucieństwo tej gry: musisz biegać bez odniesienia i zawsze dawać z siebie wszystko. Pośpiech pod koniec okrążenia trochę ją zmęczył, ale odzyskuje siły i przytomność myśląc o wszystkich swoich treningach zrobionych w przeszłości i myśląc, że mimo wszystko jest Moniką G. Wraz z jej oddechem dochodzi do siebie i zaczyna przyspieszać. Po drugim okrążeniu nadal jest w wyścigu i to ją pociesza, biorąc pod uwagę strach, że uciekła przed tym, co może się z nią stać; Poza tym mężczyzna, który do niej docierał, już się do niej nie zbliża, co jest dobrym znakiem. Teraz coraz bardziej zbliża się do idei wygrania chociaż jednego dnia wolności.

Biedna naiwna Monika nie zdaje sobie sprawy z tego, co dzieje się w strefie jazdy na czas. Członek 231 z niedowierzaniem obserwuje dane dotyczące czasu wraz z innymi: Po pierwszym okrążeniu w linii z innymi świnkami doświadczalnymi, Monica była najszybsza w drugiej rundzie, wyprzedzając nawet mężczyzn; Na trzecim okrążeniu jako jedyny obniżył czasy zamiast je zwiększyć; wszyscy podziwiają jego tempo: znakomita kariera, która nie wydaje się powodować najmniejszego zmęczenia; dopiero po pierwszych sześciu kilometrach widać pot na jego wspaniałym ciele, który upiększa jego już i tak wspaniałe i smukłe sylwetki. Członek 231 zwraca się do swoich kolegów:

„Jak widać to, co się o niej mówi, wydaje się być prawdą, przynajmniej w wyścigu; jak to jest przykład ponad wszelkie parametry, to będzie rywalizować w puli, mimo procedur, które zabraniają dwóch wyścigów tego samego dnia ; tutaj mogłaby wygrać z łatwością, nawet bez nadmiernego zmęczenia, ale przekonamy ją, że zajęła czwarte miejsce... nie ma sposobu, aby dać jej dzień wolny, naprawdę nie mogę się doczekać, aby spróbować. ”

Na czwartym okrążeniu Monica czuje pierwsze oznaki zmęczenia, ale jej wyścig idzie dobrze i widzi możliwość zasłużonego odpoczynku.

Ale na czwartym okrążeniu zatrzymują ją z lekkim zdziwieniem: czy to możliwe, że ktoś był szybszy?

„No suko, jak pierwszy dzień nie jest zły. O włos nie skończyłeś trzeciego... cierpliwości, to będzie innym razem”

Unieruchamiają ją i zabierają do aresztu śledczego, do jej celi. Woda do woli i jakieś suplementy diety.

Po piętnastu minutach całkowitego odpoczynku Robert i Sonia podchodzą do celi sami.

"Cześć Moniko"

zaczyna Robert.

Sonia, nie witając się z nią, obserwuje ciało od stóp do głów w swoim jednoczęściowym kostiumie kąpielowym.

"Uważaj suko"

Robert uśmiecha się.

Monika mimo dziesięciu mil na złamanie karku ma jeszcze trochę energii. Rzuca się z całej siły na szybę, kopie i uderza, krzyczy i rzuca się na dwóch byłych kolegów z drużyny.

„Cholera! Czego ty ode mnie chcesz? Nigdy mnie nie dostaną, ale najpierw się zabiję! Rozumiesz, potworze natury? A ty psychopato? Nigdy mnie nie będziesz miał!"

W odpowiedzi Sonia przestawia przełącznik podnoszący temperaturę, dzieląc celę na dwie części i wypływając z prysznica.

Monika zaczyna się pocić, po kilku minutach upał staje się nie do zniesienia.

Sonia zwraca się do przerażonego Roberta:

„Nie martw się, ona za bardzo kocha życie, żeby popełnić samobójstwo, co innego to słowa wypowiedziane przez wściekłą bestię, a co innego to zostać zabitym na poważnie... wiesz, znam ją... cóż, całkiem intymnie"

Monica, kiedy znów czuje wzrost temperatury, zdaje sobie sprawę, że jej walka jest przegrana.

"Dobra, wystarczy, zrobię co zechcesz, tylko powiedz mi jak to zakończyć"

„Uważaj suko"

Monika robi to ze łzami w oczach.

Sonia naciska przycisk, zmniejsza ogień, podnosi grill, a Monica idzie do wody.

"Wysoki"

– Ale jak mogłem nie zrobić tego, czego chciałeś?

„Jeszcze nie suko; musisz się przebrać na następny wyścig; zdejmij strój kąpielowy".

Monika robi to niechętnie.

„Włóż strój kąpielowy do szczeliny. Dobrze. Teraz odwróć się do nas, uklęknij i połóż ręce na głowie".

Z szyby Robert i Sonia patrzą na klęczącego więźnia.

Robert interweniuje, do tego momentu trzymał się z boku, pozostawiając stery gry Soni.

„Wolałbym, żebyś stała... suko"

Monika rumieni się; Aż do tego momentu Robert wydawał się przyjacielski.

Robercie, nie możesz powstrzymać sadystycznego uśmiechu. Pokonuje nieśmiałość wobec swojej byłej miłości. Teraz jest naga, stoi i jest zdana na jego łaskę. Możesz zobaczyć jego mięśnie w każdym calu, jego klatka piersiowa pulsuje. Siła fizyczna świnki morskiej jest bezużyteczna w walce z systemami ograniczającymi wyspy, kontrast między nią a nimi jest dodatkowo podkreślony przez jej nagość i fakt, że dominuje nad nimi posturą.

„No, no, już niedługo będziemy mogli przyjrzeć się Twojemu ciału i bez pośpiechu, teraz odwróć się, pokaż nam swój jędrny tyłeczek"

Zaskoczona Monika odwraca się z całym swoim majestatem. Widziana od tyłu podkreśla jędrność długich nóg, pośladków i pleców. Mięśnie ramion widziane od tyłu są żywą rzeźbą i poruszają się jak strzały.

„Rozłóż nogi i pochyl się do przodu, opierając ręce na podłodze"

Monica czuje, że się rumieni, kiedy czuje w dłoniach zimny przedmiot, taki jak ziemia.

W chwili, gdy się pochyla, czuje się bezbronny wobec widoku ich obojga w całej ich prywatności. Obfite piersi wyróżniają się między udami, nogi są proste dzięki niezwykłej elastyczności. Oboje zostają ze świadomością, że wkrótce będzie w pełni dostępna.

Monika w tej pozycji, po intensywnym wysiłku fizycznym i zmęczeniu, czuje dziwne ciepło wydobywające się z żołądka; ogarnia ją dziwne uczucie przyjemności.

"Jak to jest możliwe?"

Zastanawiają się obaj.

Sonia i Robert patrzą na siebie nieco zdziwieni, niemal czytając sobie w myślach, schwytani wątpliwością co do możliwej sympatii z ich strony.

Sonia interweniuje

-No to możesz się ochłodzić.

Monika, zamiast poczuć ulgę, prawie niechętnie opuszcza stanowisko, ale szybko odrzuca ten pomysł i kieruje się w stronę strumienia wody, by się ochłodzić.

Fantastic Girl

Następna próba odbywa się w bikini, z czerwonym topem i niebieskimi majtkami, raczej powściągliwymi, celowo obcisłymi, aby podkreślić jej piersi i sutki, które dzięki świeżemu powietrzu były dość widoczne.

Znajduje się w basenie z dwumetrową krawędzią, aby uniknąć jakiejkolwiek próby ucieczki. Tak jak w poprzednim wyścigu startują kobiety i mężczyźni, zasady są takie same, a parametrem są pokonane okrążenia.

Po dziesięciu okrążeniach pierwszy odpada. Kobieta, przerażona perspektywą eksperymentów, które miała przejść, wpada na niezdrowy pomysł, by po wyjściu z basenu spróbować uciec. Będąc bardzo silną fizycznie, udaje jej się pokonać sześciu zmodyfikowanych ludzi pomimo kajdanek na jej nadgarstkach, zanim zostaje ogłuszona dziwną bronią.

Monica nie zatrzymuje się zbyt długo i stara się dać z siebie wszystko, pomimo dziesięciomilowego biegu, który właśnie przebiegła. Pływanie to jedna z rzeczy, które robi najlepiej.

Członek 231 jak zwykle obserwuje harmonogramy i zauważa ten sam trend, który był już widoczny w wyścigu: dziewczyna wydaje się poprawiać z upływem czasu. Tutaj też po spokojnym starcie zaczyna być jeszcze szybsza od mężczyzn. I nawet tutaj postanowiono „dobić" jej piątą, mimo wyraźnej możliwości zobaczenia jej na najwyższym stopniu podium, nawet lepszej niż panowie już po pierwszym wyścigu.

Monika nawet tutaj jest trochę zaskoczona, ale na razie jest zadowolona, że nie skończyła na ostatnich trzech miejscach.

Ale pomysł ucieczki przyszedł mu do głowy po obejrzeniu próby poprzedniego pływaka.

Zorientował się, że obok basenu jest miejsce na helikopter i może...

Ta myśl dodaje jej otuchy i korzystając z linii, która zostanie ustawiona z pływakami, i zanim znowu ją zakują w łańcuchy, zamierza skorzystać z ostatniej szansy, jaką jej się wydaje, przed tym, co czeka ją w nocy z panią poseł. 231, aby spróbować dostać się do helikoptera.

Powala dwóch otaczających ją zmodyfikowanych ludzi i idzie prosto jak strzała w stronę Członka 231, który jest zaskoczony szybką reakcją kobiety.

W tej chwili ponownie staje się Fantastyczną Dziewczyną.

Wykorzystuje słupek, który podnosi z ziemi i z jego pomocą umieszcza go na ziemi i niesamowitym skokiem mija strażników, których Member 231 wysłał w jego pojmaniu, po pierwszej niespodziewanej reakcji i ląduje obok ją, dając jej nowego kopniaka w twarz i unieruchamiając ją.

„Jak ktoś się do mnie zbliża, zabijam ją tutaj, cholera!

Członek 231 wskazuje zmodyfikowanym ludziom, aby trzymali się z daleka.

– I co teraz zrobisz, suko? Zaczynałem cię lubić, ale po tym będziesz cierpieć bardziej, niż możesz sobie wyobrazić, suko”

„Zamknij się, do cholery, albo skręcę ci kark, chodźmy cicho do helikoptera...”

Członek 231 zdaje sobie sprawę, że istnieje realna możliwość, że jej plan się powiedzie, trzymając ją jako zakładniczkę i jaka jest silna, nawet po dwóch wyczerpujących testach....

Więc spróbuj odwrócić jej uwagę...

„Spójrz... są Sonia i Robert, nie chcesz im czegoś powiedzieć?

Monica patrzy na moment, w którym wskazuje Członek 231, więc korzysta z okazji, by spróbować uciec, ale siła, z jaką ją trzyma, jest taka, że Monica natychmiast zdaje sobie sprawę z manewru i uderza ją w brzuch.

„Następnym razem, gdy będziesz chciał mnie oszukać, zabiję cię, suko. Gdzie jest pilot helikoptera? Zawołaj go, żeby przyszedł i przygotował"

Członek 231 robi to, co jej każą, więc po kilku chwilach obok helikoptera pojawia się osoba ubrana w strój wojskowy i wchodzi, aby go uruchomić.

W tym Sonia i Robert są już obok nich z twarzami trudnymi do rozszyfrowania, ale wydają się zdezorientowani.

„Członek 231, co tu się dzieje?"

Monika patrzy na nich z taką nienawiścią, że cofają się, ale nie na tyle...

Nawet z członkiem 231 podpartym jedną ręką, Monica rzuca w ich stronę śmiercionośną nogę, trafiając Sonię prosto w szyję. Ten upada powalony na ziemię, martwy na miejscu.

Robert jest sparaliżowany ze zdziwienia i przerażenia widząc, jak jego przyjaciel pada martwy, pozwalając Monice na kolejny kopniak, tym razem w genitalia z tak nadludzką siłą, że Robert wydaje z siebie nieludzki wrzask bólu i ociera się o niego. podłoga.

„To ma sprawić, że twoje jaja przestaną działać na dobre, pieprzony sadysto"

I jednym szybkim ruchem wsiada do już lecącego helikoptera za Member 231, który wepchnął do środka.

„Cóż, możesz sobie wyobrazić, czego chcę, więc zamów to!"

„Pilocie, lecimy na stały ląd"

Helikopter zaczyna się unosić pozwalając Monice znów oddychać, zdała sobie sprawę, że długo wstrzymywała oddech i zaczyna widzieć, że wydostaje się z tego piekła.

Kiedy helikopter jest już nad morzem kilka kilometrów od wyspy, Monica, Fantastic Girl, zwraca się do Member 231...

"Suko, miło było cię poznać..."

I wrzuca do morza...

GRA W ROZBIERANIE SIĘ

125

Paul i ja poszliśmy na przyjęcie wydane przez jego przyjaciół.

Nie znał prawie nikogo, ale wydawali się fajną gromadką.

Paul przeprosił i zaczął rozmawiać z kolegami z drużyny, których nie widział od zakończenia wyścigu, więc zostałem sam.

Nalałem sobie sangrii i zacząłem spokojnie pić, rozglądając się za kimś znajomym.

Każdy był zajęty rozmową z kimś, a on nie chciał przerywać żadnej rozmowy.

Nagle zobaczyłem parę osób wślizgujących się przez drzwi z tyłu sali.

Wkrótce weszły jeszcze trzy osoby.

Potem jeszcze jeden.

To było za dużo jak na moją ciekawość, więc postanowiłem zobaczyć, co tam się dzieje.

Otworzyłem drzwi i zobaczyłem dużą grupę ludzi spoglądających w kierunku środka pokoju.

Stanąłem na palcach, żeby zobaczyć, na co patrzą, i odkryłem dwudziestokilkuletniego chłopca siedzącego na stole z pudełkiem pełnym małych kart w dłoni.

Ludzie śmiali się bez przerwy, co jeszcze bardziej rozbudzało moją ciekawość.

Postanowiłem poprosić kogoś, aby się dowiedział.

Klepnąłem dziewczynę stojącą przede mną w ramię.

„Hej, przepraszam. Co to wszystko jest?" Zapytałem, podnosząc głos ponad śmiech.

"Gramy" Odważysz się? " "Odpowiedział" Chcesz się bawić?

„Nie wiem, jak grać" – powiedziałem.

- To nie ma znaczenia, zaraz ci to wyjaśnię - wykrzyknął. Zobaczysz jakie to łatwe. Kiedy nadejdzie twoja kolej, musisz wybrać kartę z pudełka, które nosi „moderator" gry, czyli chłopiec na stole. Na karcie jest napisane "wyzwanie", któremu musisz sprostać. Jeśli zdecydujesz się nie zastosować, musisz zapłacić zastaw. Musisz zdjąć trochę ubrań.

"Rozumiem. Dlatego jest tam ten bez koszulki" Powiedziałem wskazując na mężczyznę, który się śmiał. "

„To wszystko" – odpowiedziała „Chodzi o to, że gramy już jakiś czas. Poza tym są inni, którzy już zapłacili zastaw. Ta dziewczyna jest już w majtkach, a ja musiałam zdjąć buty".

Spojrzałem na jego stopy i zobaczyłem, że mówi prawdę.

Uśmiechnęłam się, podziękowałam i wyszłam z pokoju.

Szukałem Paula, żeby zapytać, czy chce wejść i pobawić się ze mną.

„Nie kochanie" odpowiedział „Widzisz, jeśli chcesz, rozmawiam z kilkoma przyjaciółmi z uniwersytetu".

Wszedłem sam.

Powiedzieli mi, że aby wejść do gry, muszę najpierw powiedzieć moderatorowi.

Tak też zrobiłem i kiedy nadeszła moja kolej, wyjąłem kartę.

„Z opaską na oczach pocałuj trzy osoby płci przeciwnej, a następnie zgadnij, kto jest kim".

Wybrali trzech mężczyzn i zawiązali mi oczy.

Pierwszy wyglądał, jakby chciał dosięgnąć językiem moich migdałków.

Drugi mniej używał języka, ale spędził prawie minutę na masowaniu mojego tyłka podczas całowania.

Trzeci też często używał języka i nie tylko głaskał mnie po dupie, ale także głaskał po cyckach.

Pozwoliłem im to zrobić, ponieważ gdybym powstrzymał któregokolwiek z nich, wyeliminowaliby mnie.

Zdjąłem opaskę i uderzyłem wszystkich trzech, jednego za brodę, a dwóch pozostałych za wzrost.

Kiedy znów przyszła moja kolej, stała już kobieta w staniku i majtkach oraz mężczyzna w majtkach.

Wyjąłem nową kartę.

„Będziesz musiała pokazać swoją bieliznę osobie, która dopasuje jej kolor. Test mogą wykonać trzy osoby".

Co za pech! Miała na sobie pas do pończoch i dopasowane czarne majtki.

Z pewnością ktoś pomyślałby o powiedzeniu tego koloru.

Ale najgorsze było to, że majtki były przezroczyste i wszystko przez nie widziałam.

Dlaczego nie miałabym założyć bordowych majtek?

Wybrali trzech innych mężczyzn.

Pierwszy powiedział, że nic nie ma na sobie.

Zaśmiałem się i powiedziałem mu, że mu się nie udało.

Drugi powiedział, że jest czarny.

Bingo! Masz rację!

Kazałam mu się odwrócić i podniosłam sukienkę tak, żeby tylko on mógł ją zobaczyć.

Widząc mnie, gwizdnął z wdzięcznością.

Moderator gry powiedział, że ponieważ przegrałem, muszę zdjąć część garderoby.

Zmysłowym gestem włożyłam ręce pod spódniczkę, spuściłam majtki i powiesiłam je na wieszaku razem z resztą ubrań, które inni już zdjęli.

Na następnej zmianie dwóch mężczyzn zgubiło spodnie, a jedna kobieta stanik, a dwie osoby opuściły grę, pozostawiając tylko dziesięć osób.

Kobieta topless przypomniała grupie, że nie zrobiłam takiej samej liczby testów jak reszta osób i zasugerowała, że mam dwa dodatkowe testy, aby zrównać się z innymi.

Ludzie zignorowali moje protesty i szybko głosowali za poddaniem mnie dwóm dodatkowym testom z rzędu.

Wyjąłem pierwszą kartę.

„Zdejmij stanik bez rozpinania guzików sukienki lub bluzki".

Ponieważ mój stanik otworzył się z przodu, otworzyłam go bez żadnego problemu i przeszłam po jednej stronie pod każdym z moich ramion.

Tymczasem wszyscy się na mnie gapili i słyszałem, jak niektórzy komentowali, że wszystko jest dla mnie przejrzyste.

Moderator powiedział, że jedna z zasad gry zabrania ponownego noszenia jakiejkolwiek części garderoby.

Wyjąłem nową kartę.

„Wybierz trzy osoby tej samej płci w słomianej grze. Francuski pocałunek trwa co najmniej minutę".

Rozbiłem trzy zapałki, zmieszałem je z kilkoma innymi i rozdałem, aby każda kobieta mogła wybrać jedną.

Ten, kto zdobędzie jedną z trzech zepsutych zapałek, otrzyma nagrodę.

Joanna, rudowłosa dziewczyna po dwudziestce, ciało o doskonałych krągłościach i trochę niższa ode mnie, jako pierwsza zdjęła jednego z nich.

Roześmiał się i powiedział, że zawsze był dobry w tę grę.

Kazał mi usiąść na kolanach, a moderator przypomniał mi, że jeśli przerwam pocałunek, przegram wyzwanie.

Joanna zaczęła mnie całować z wielką determinacją i wiedząc, że nie mam nic pod ubraniem, najpierw pieściła moje piersi, a potem wsunęła rękę pod moją spódniczkę, zostawiając ją tuż nad moimi łonami, bawiąc się moją łechtaczką.

Wytrzymałem pocałunek, ale nie mogłem dalej siedzieć z tymi doświadczonymi dłońmi na mojej łechtaczce.

Fachowo doprowadził mnie do orgazmu, podczas gdy ja wiłam się na jego kolanach.

Kiedy przerwałem pocałunek, grupa klaskała i zobaczyłem, że minęło sześć minut.

Joanna jeszcze przez chwilę trzymała rękę na mojej pulsującej cipce, po czym wstałam.

Jednak nie przestawał go naciskać, dopóki nie zrobiłem kilku kroków.

Mój oddech przyspieszył i zacząłem czekać na swoją kolej.

Mężczyzna zgubił bokserki, odsłaniając grubego, twardego kutasa.

Druga kobieta zgubiła stanik.

Kobieta, która nie miała już stanika, zgubiła spódnicę, nie zostawiając nic na sobie.

Zastanawiałem się, co by się stało, gdyby znowu przegrali.

Paul wybrał ten moment, aby wejść do pokoju.

Moderator zapytał go, czy chce zostać.

Przyjrzał się piersiom obu kobiet i nie wahał się powiedzieć „tak".

Powiedzieli mu, że jeśli chce zostać, musi przyjąć pięć wyzwań.

Wyciągnął swoją pierwszą kartę.

„Z opaską na oczach pocałuj trzy osoby płci przeciwnej, a następnie zgadnij, kto jest kim".

Ja byłem drugi, a Joanna trzecia.

Potarłem Paula tak, jak zrobiła to pierwsza kobieta, pocierając jego penisa przez spodnie.

Joanna poradziła sobie lepiej, ściągając mu rozporek i sięgając do środka.

Paul mnie nie uderzył (myślał, że jestem numerem jeden).

Stracił cztery z pięciu części garderoby, stojąc tam w bokserkach, z potężną erekcją walczącą o uwolnienie się.

Moderator ogłosił, że sprawy zaszły już wystarczająco daleko i nadszedł czas na wyciągnięcie najsilniejszych kart.

Dostałem pierwszy.

Zawiązali mi oczy i włożyli mi w ręce trzy kutasy.

Musiał odgadnąć, do kogo należy każdy z nich.

Niewiarygodne, że nie byłem w stanie odróżnić Paula od innych.

Na oczach wszystkich ludzi w pokoju zdjęłam bluzkę.

Kobieta, która była już naga z poprzedniej rundy, przegrała wyzwanie i wszyscy mężczyźni wyciągnęli słomkę.

Moderator powiedział kobiecie, że będzie musiała siedzieć na penisie tego, który wyciągnął krótszą słomkę przez co najmniej pięć minut.

Patrzyłem, jak siada na zwycięzcy, gdy ostrożnie wpycha swojego kutasa do jej ociekającej dziury, zastanawiając się, czy moja kara byłaby taka sama, gdybym się rozebrał.

Moderator zaczął odliczać czas.

Starała się zachowywać jak nic, jakby bez ruchu miała nas przekonać, że nie jest pieprzona tam pośrodku wszystkich, ale powolne ruchy, którymi mężczyzna ją penetrował, sprawiły, że po około trzech minutach zaczęły reagować.

Zaczęła się zagłębiać w temat, gdy moderator powiedział, że czas się skończył i kazał jej wstać, na co odmówiła, trzymając się mocno właściciela kutasa, który sprawiał jej tyle przyjemności.

Wszyscy śmialiśmy się z tej rozbawionej reakcji, podczas gdy Joanna i moderator próbowali usunąć tego wyprostowanego członka z jej głodnej cipki.

Ledwo im się to udało.

Następnym byłem ja.

„Spójrz na piersi trzech kobiet, a następnie z zasłoniętymi oczami zidentyfikuj je, dotykając ich tylko językiem”.

Joanna szybko zgłosiła się na ochotnika, podobnie jak dwie inne kobiety.

Spojrzałem na ich cycki, oceniając ich rozmiar i rysy, a potem zawiązali mi oczy.

Mój język na zmianę badał każdy z cycków.

Przyszło mi do głowy, że gdybym je chętnie polizał, wydałyby dźwięk przyjemności, który pomógłby mi dowiedzieć się, kim jest każdy z nich.

Drugi milczał, dopóki nie dotknąłem zębami jej sutka, a ona nie mogła powstrzymać jęku przyjemności.

Trzeci jęknął przy pierwszym lizaniu.

Powiedziałem, że Joanna była pierwsza, a potem pomyślała, że kim są pozostałe dwie.

Dobrze to rozumiem.

Już wierzyłem, że wyzwanie zaliczone, gdy moderator powiedział, że musi odbyć karę.

Zdał sobie sprawę, że użył swoich zębów na jednym z nich.

Kazał mi zdjąć spódnicę.

Już miał powiedzieć, żeby mnie dalej rozbierać, ale powstrzymał się, gdy zobaczył mój gorący czerwono-czarny pas do pończoch.

Powiedział mi, że mogę kontynuować w spódnicy, ale od tej pory będę musiał odbywać takie same kary jak zawodniczki, które były już nagie.

Sięgnął do pudełka kar i wyciągnął kartę.

Nie pokazał mi tego, ale kazał przeczytać trzem pozostałym kobietom.

Podeszli do mnie, okrążyli mnie powoli i zanieśli do łóżka.

Joanna usiadła na nim, a pozostała dwójka posadziła mnie na kolanach.

Kobieta, której sutek został ugryziony, znalazła się blisko mojej głowy, tak że moja twarz spoczywała na jej cipce.

Trzymał mnie za ręce, więc nie mogłam się ruszyć.

Drugi trzymał moje nogi i zaczął bawić się moją cipką.

– Widziałaś, jaka jest mokra, Joanno? — Słyszałem, jak mówił.

W międzyczasie jednym palcem zaczął dotykać mojej łechtaczki, a drugim jednocześnie badać moje wnętrze.

Mimowolnie moje biodra zaczęły się trząść na kolanach Joanny.

Nagle uderzyło mnie to mocno.

Nie narzekałem, bo bałem się, że przegapię karę.

Uderzył mnie jeszcze kilka razy i w końcu przestał.

„Ilu ich było? "Zastanawiam się.

„Nie wiem" odpowiedziałam przestraszona.

– W takim razie zaczniemy od nowa – powiedział.

Joanna biła mnie mocno, podczas gdy moja cipka była badana przez drugą dziewczynę.

Tym razem spojrzałem na liczenie klapsów.

Kiedy miał dwadzieścia lat, zatrzymał się i spojrzał na kobietę trzymającą mnie za ramiona.

„Czy on już zaczął cię lizać? On zapytał.

" Nie odpowiadam.

„Zaczniemy od nowa" – wykrzyknęła Joanna.

Szybko schowałem twarz w tej cipce, która należała do kobiety, która, jak być może już zauważyłeś, nawet nie znała jej imienia.

Joanna uderzała mnie coraz mocniej.

W końcu się zatrzymał.

Tym razem naliczyłam 23 baty, choć bałam się, że kilka przegapiłam.

„Ilu ich było? Zapytał mnie ponownie.

„Dwadzieścia pięć" powiedziałem, żeby się upewnić.

„Nie, trzeba będzie się bardziej postarać" – powiedziała Joanna „Zaczniemy od nowa.

Reszta ludzi bez przerwy biła brawo i wiwatowała, ale nie ja, tylko moi oprawcy.

Słyszałem też, jak Paul pogratulował Joannie występu, który kazała mi wystawić.

Przez cały ten czas ręce, które bawiły się moją cipką, nie zwolniły ani na jotę.

Straciłem już rachubę swoich orgazmów (było ich co najmniej pięć), a sądząc po tym, ile razy kobieta, którą jadłem jej cipkę, chwyciła mnie za głowę, miała co najmniej trzy.

Joanna ponownie wstrzymała ciosy.

"Ilu ich było? "Zastanawiam się.

„Dwadzieścia pięć" powtórzyłem, przygotowując się do kolejnego lania.

„Dobrze" powiedział bez zbędnych ceregieli.

Następnie, zwracając się do kobiety w mojej głowie, zapytał:

„Wirginio, czy to cię usatysfakcjonowało?

„W tej chwili tak" usłyszałem jej odpowiedź „Chyba że wyhoduje sobie koguta..."

„A ty, Julio? Zapytał tego, który badał moją cipkę.

„Tak" odpowiedział z ciężkim oddechem. „Dla mnie to jest w porządku".

Zacząłem wstawać, ale Joanna mnie powstrzymała i kazała się położyć.

„Może i skończyli, ale ja tego nie zrobiłem" powiedział mi „Teraz musisz policzyć następne dziesięć uderzeń, żeby wszyscy w tym pokoju mogli cię usłyszeć. Potem pocałujesz mnie, cipkę Virginii i Julii w ramach podziękowania za jak dobrze się z nami bawiłeś".

Zaakceptowałem.

Uderzenie mnie wszystkie dziesięć razy zajęło mu ponad minutę.

Potem pocałowałem cipkę Virginii nawet nie wstając i podziękowałem jej.

Wstałem i pocałowałem cipkę Julii i też jej podziękowałem, zostawiając Joannę na koniec.

Jedzenie cipki, które jej poświęciłem, trwało około trzech minut, aż w końcu poczułem, że dochodzi.

Wtedy też mu podziękowałem.

Gdy to zrobił, zdałem sobie sprawę, że miał na myśli to, co mówił.

To doświadczenie było najbardziej satysfakcjonujące.

Teraz kolej na Pawła...

Paul wybrał kartę wyzwania i mogłem wywnioskować z wyrazu jego twarzy, że nie dostał tego, czego oczekiwał.

„Używając tylko ust i z zasłoniętymi oczami, zidentyfikuj kutasy trzech mężczyzn".

- Nie zrobię tego - powiedział, odwracając się do mnie.

„Chwileczkę" odpowiedziałem nieco zirytowany „Świetnie się bawiłeś, obserwując, jak jechałem z trzema kobietami, a teraz nie chcesz tego robić. Myślę, że jesteś niesprawiedliwy".

„Ale czy to..." zaczął mówić „Czy to są... kutasy !!"

„Chodź" powiedziałem, widząc, że już go przekonywałem. „Nic ci się nie stanie, jeśli to zrobisz, nie zaszkodzi ci to. Pomyśl też o karze, jaką nałoży na ciebie moderator, jeśli odmówisz".

Nie wiem, który z moich argumentów w końcu go przekonał, chodzi o to, że po chwili zastanowienia oznajmił, że spróbuje.

Przyjrzałem się uważnie trzem kutasom wystawionym przed Paulem.

Miał zasłonięte oczy i trząsł się od stóp do głów.

Próbowałem go rozweselić, mówiąc mu, że strasznie mnie to podnieca, co było całkowitą prawdą.

W końcu zdecydował się i zaczął stawiać czoła wyzwaniu.

Ostatecznie nie było tak źle, skończyło się w mniej niż minutę i trafiło tylko jednego.

Moderator poprosił mnie o pomoc w wyborze kary.

Z wciąż zasłoniętymi oczami posadzili go na brzegu łóżka.

Kobiety, które wciąż były w pokoju, rozebrały się.

Od tego momentu ubranie nie będzie już służyć jako kara.

Każdy z nich siedział na swoim sztywnym kutasie dokładnie przez minutę.

Byłam czwarta i Paul rozpoznał mnie po pończochach, które wciąż miałam na sobie, a może po czymś innym.

Błagał mnie, abym został trochę dłużej, wystarczająco długo, aby przyjść.

Dałam mu pocałunek, który odblokował jego gardło i usiadłam na nim jeszcze przez kilka chwil, podczas gdy jego biodra pchały mnie w kółko, próbując szybko osiągnąć orgazm.

nie pozwoliłem na to.

W końcu to była kara, więc wstałem zostawiając go w połowie drogi.

Joanna jako ostatnia włożyła jego kutasa.

Podnieciła go bezlitośnie, a także zostawiła, zanim przyszedł.

„Jeśli potrzebujesz, abym wybrał inną karę, nie wahaj się skonsultować ze mną" – zaproponowałem moderatorowi, podczas gdy Paul wstał i wyczerpany zdjął opaskę.

„Nie martw się" uśmiechnął się do mnie „Od teraz będziemy wybierać między nimi dwoma".

Widziałem, jak Joanna bierze następną kartę.

Przeczytał to sobie i wydało mu się to zabawne.

Poprosiliśmy go, aby przeczytał to na głos i tak też zrobił.

„Wybierz trzech mężczyzn i dotknij ich kutasów. Następnie z zasłoniętymi oczami usiądź na nich i zidentyfikuj ich właścicieli".

Chodziła po pokoju i, co dziwne, wybrała dwóch mężczyzn, tych z największymi kutasami.

Kiedy dotarła do Paula, zatrzymała się przed nim i delikatnie wzięła jego penisa.

Paul zrobił krok do przodu, szczęśliwy, że teraz będzie miał szansę dokończyć to, czego mu wcześniej nie zostawiliśmy.

Ale Joanna ją puściła, uśmiechając się okrutnie.

„Na razie masz dość" powiedział „Jeśli będziesz dobry, może wybiorę cię do innej gry".

I odeszła od niego, zostawiając go ze sztywnym kutasem i grymasem rozczarowania na twarzy.

Nie mogłem się powstrzymać od uśmiechu.

Dobrze mu to służyło.

Joanna wybrała trzeciego i przyprowadziła go razem z pozostałymi dwoma.

Dotknęła każdego z kutasów, aż stały się twarde, a kiedy skończyła, miała zawiązane oczy.

Potem nadział się na każdego z nich, nie dając żadnemu z trzech szans na dojście.

Doszła ostro do trzeciego kutasa.

Co niezrozumiałe, żaden z nich nie miał racji.

Wszyscy zdaliśmy sobie sprawę, że zawiodłem celowo, nawet moderator, który wezwał mnie do narady.

W końcu znaleźliśmy karę zgodną z osobowością Joanny, choć w głębi duszy wszyscy wiedzieliśmy, że to coś więcej niż kara, to prezent dla niej.

Przywiązaliśmy Joannę do łóżka twarzą w dół, tak że jej talia była zgięta na krawędzi, pozostawiając ją na kolanach z tyłkiem odsłoniętym dla nas wszystkich.

Kara polegałaby na tym, że każdy mężczyzna pieprzy ją od tyłu przez dokładnie jedną minutę.

Byłbym u jej boku, aby przedstawić jej każdego z kutasów.

Moderator zajmie trochę czasu.

Jego gest byłby sygnałem, że czas się skończył i że powinni usunąć jego fiuta.

Gdyby odmówili, byłbym odpowiedzialny za usunięcie go siłą (w razie potrzeby biorąc je za jajka).

Podszedłem do Paula i powiedziałem mu coś na ucho.

Potem zająłem swoje miejsce.

Złapałem oburącz pierwszego z sześciu kutasów, które miały wejść do dziurki Joanny.

„Końcówka jest trochę sucha" skłamałem, bo to wszystko najbardziej mnie podniecało. „Myślę, że będę musiał ją zwilżyć językiem".

Zrobiłem to, odtwarzając więcej niż było to konieczne, co przyniosło mi naganę od moderatora.

Następnie fachowo go przedstawiłem.

Kiedy Joanna zaczęła poruszać się w czasie ze swoim partnerem, moderator dał mi znak, żebym się zatrzymała.

Delikatnie złapałem jego penisa i szybko go wyciągnąłem.

Drugą też zwilżyłam ciepłymi ustami, bo, jak mówiłam, było to „konieczne".

Kiedy go włożyłem, jego kutas zaczął się poruszać z prędkością błyskawicy.

Mimo to wyciągnąłem ją, zanim zdążyła osiągnąć jakąkolwiek satysfakcję.

Trzecia i czwarta minęły w ten sam sposób.

Moderator był piąty.

Spojrzałem na jego penisa i powoli potrząsnąłem głową.

- Chyba będę musiał zmoczyć też tego kutasa - powiedziałem złośliwie.

Włożyłem go do ust i zacząłem lizać i ssać, jakby nikogo innego nie było w pokoju.

Poświęciłem temu więcej czasu niż komukolwiek innemu.

W końcu zatrzymał mnie ręką.

– Myślę, że wystarczy – powiedział, sapiąc z podniecenia.

„Jesteś pewien, że chcesz, żebym przestał? – spytałem zmysłowo.

„Na razie tak", powiedział mi, „Później pozwolę ci kontynuować.

Moderator miał dokładnie minutę i był tym, który był najbliżej cummingu, z powodu podniecenia, jakie wywołało u niego jedzenie mojego kutasa.

Paweł był ostatni.

Joanna mocno naparła biodrami na dwa ostatnie kutasy, próbując osiągnąć orgazm, ale bezskutecznie.

Postanowiłem, że sprawię, że jeszcze trochę pocierpi przed ostatnim atakiem.

Powoli rozchyliłem usta jej cipki pod pretekstem, że w ten sposób kutas łatwiej wejdzie.

To sprawiło, że Joanna zadrżała z przyjemności.

Potem mój palec przesunął się po jej łechtaczce, podniecając ją jeszcze bardziej.

Pomyślałem, że wystarczy i pozwoliłem Paulowi podejść bliżej.

Wepchnął ją do środka, ponieważ cipka Joanny była więcej niż nasmarowana.

Zaczął dawać mu potężne pchnięcia, tak jak robili to inni, ale po czwartym zdjąłem mu go i zmusiłem go do wepchnięcia go sobie w dupę.

Tuż pod koniec minuty rygoru moderator dał mi sygnał do usunięcia.

Joanna odepchnęła się biodrami, próbując utrzymać spuchnięty członek na miejscu, ale bezskutecznie.

Moderator spojrzał na mnie.

„Teraz będziemy głosować nad karą, jaką na ciebie nałożymy" – powiedział mi, mówiąc na głos, tak aby cały świat mógł go usłyszeć.

"Kara? Dla mnie? Ale dlaczego? Powiedziałem z niedowierzaniem.

„Za to, że zmieniłeś zasady poprzedniej gry" – odpowiedział.

Nikt nie głosował przeciw.

W międzyczasie patrzyłem, jak Joanna przewraca się na plecy, jej ręka powoli przesuwa się do jej wygłodniałej łechtaczki.

Ludzie podjęli decyzję.

„Zawiążemy ci oczy, a potem wszyscy będziemy robić, co chcemy, a ty nie będziesz wiedział, kto co zrobił" – wykrzyknął moderator, uśmiechając się.

Nagle ktoś założył mi opaskę na oczy i kilka rąk popchnęło mnie na łóżko.

Sekundę później kutas wszedł do moich ust i zacząłem go ssać ochoczo.

Drugi kutas wbił się w moją ociekającą cipkę, ale po czterech pchnięciach wyszedł.

Wtedy poczułem się jakby ktoś rozdzielił mi pośladki i zaraz potem kolejny kutas (a może ten sam) jednym pchnięciem wszedł w moją dupę.

Chciałem krzyczeć, ale kogut, który zakopał się w moich ustach, powstrzymał mnie.

Powoli kładli mnie na boku, aby żaden z kutasów, które mnie pieprzyły, ani dwie usta, które zaczynały ssać moje cycki, nie umknęły przed swoimi celami.

Zauważyłem, że co najmniej jedna z nich należała do kobiety, ponieważ jej skóra na twarzy była bardzo miękka, bez śladu zarostu.

Kilka osób stłoczyło się wokół mojej płci i próbowało mnie spenetrować.

Po krótkiej walce udało się jednemu z nich.

Taka była walka, która powstała między ludźmi między moimi nogami, że czułem się, jakby kilka osób pieprzyło mnie w tym samym czasie.

To było tak, jakby wszyscy ludzie weszli na mnie.

Kutas w moich ustach wchodził i wychodził z niej nieubłaganie, podczas gdy kutas w mojej cipce wciąż pompował, ale z pewnym trudem.

Ten na moim tyłku wciąż mnie penetrował, ale wydawało się, że większość stymulacji ze strony jego właściciela pochodziła z moich wysiłków, by przeciwdziałać pchnięciom wszystkich innych.

Najwyraźniej dwie osoby, które ssały moje cycki, postanowiły mnie podniecić i stymulować tak bardzo, jak tylko mogłem.

Prawda jest taka, że cieszyłem się, że miałem zawiązane oczy, więc mogłem w pełni skoncentrować się na tym, co mi robili.

Widzenie, co się dzieje, mogłoby tylko odwrócić uwagę.

Jedna z dziewczyn wzięła mnie za rękę, położyła na swojej cipce i zaczęła pocierać się moimi palcami, używając ich do masturbacji.

Była tak zdezorientowana tym wszystkim, że nie mogła zareagować.

To było tak, jakbym stała się przedmiotem, jakbym została pozbawiona woli.

Kutas w moich ustach zaczął pulsować.

Kilka sekund później strumień mleka podszedł mi do gardła.

Próbowałem to wszystko przełknąć, ale trochę spłynęło mi po policzku.

Zanim zdążyłem dojść do siebie, w jej miejsce włożyli cipkę, którą od razu zacząłem lizać.

Najwyraźniej ta dwójka, która pieprzyła moją cipkę i dupę, znalazła wspólny rytm.

Swoimi pchnięciami skłonili mnie do przyjścia.

Byłem w trakcie drugiego orgazmu, kiedy usłyszałem krzyk i podszedł mężczyzna, który prowadził moją cipkę.

Potem, gdy powoli się wycofywał, poczułem, jak jego sperma powoli zaczyna wypływać z mojej dziurki.

Jego partner, całkowicie oddany mojej dupie, pompował jeszcze mocniej.

Twarz pojawiła się na mojej cipce i zaczęła namiętnie ją lizać.

Uczucie bycia pieprzonym w dupę, podczas gdy ktoś inny lizał moją cipkę, było dla mnie nowe.

Zacząłem znowu cum.

Ktoś zaczął ciągnąć mnie za włosy.

Pomimo trudności starałem się nadal spełniać wymagania cipki, która była na mojej twarzy.

W mojej dłoni pojawił się nowy kutas i zacząłem nim poruszać w górę iw dół.

Jedno z ust, które znajdowało się na moich sutkach, zniknęło, zastępując je parą silnych dłoni, które zaczęły szorować moje cycki, ugniatając je, jakby były ciastem na chleb.

„Myślę, że ta dziewczyna chce dostać klapsa kilka razy" powiedział głos po mojej prawej stronie, którego nie mogłem rozgryźć, czyj to był.

Cipka, którą ssałam, przycisnęła się jeszcze bliżej mojej twarzy.

Polizałem go tak dobrze, jak tylko mogłem.

Jej uda zmiażdżyły mi głowę, gdy osiągnąłem orgazm.

Szybko nowy kutas zastąpił go i wszedł do moich ust.

Wyobraziłem sobie kolejkę ludzi stojących w kolejce przed każdą z moich atrakcji, czekających na swoją kolej.

Zdałem sobie sprawę, że straciłem wszelkie połączenie między tymi narządami płciowymi a ludźmi, do których były przyczepione.

Opaska na oczach odebrała mi wszystko oprócz zdolności odczuwania tego, co się dzieje.

Musiałem przyznać, że od chwili, gdy wszedłem do tego pokoju, miałem cichą nadzieję, że coś takiego może się wydarzyć.

Prawda była taka, że odkąd Joanna po raz pierwszy podnieciła moją łechtaczkę palcami, była w stanie ciągłego podniecenia.

Najwyraźniej mężczyzna, który mnie pieprzył, w końcu osiągnął punkt bez powrotu.

Złapał mnie za biodra i przejął kontrolę nad moimi ruchami.

Kilka sekund później poczułam, jak duże strumienie nasienia wytrysnęły z jego penisa do moich wnętrzności.

Potem położył się obok mnie i poczułam, jak jego kutas mięknie, powoli wychodząc z mojego tyłka.

Zaraz potem zniknął, zostawiając wolny tyłek.

Usta mojego prawego cycka zostały zastąpione inną silną ręką. Teraz moje cycki były masowane jako zespół.

Nagle jedna z rąk zniknęła.

Kilka sekund później zauważyłem coś w mojej klatce piersiowej, w dolinie utworzonej przez moje dwa cycki.

To była ręka, ręka wysmarowana jakimś lubrykantem.

W kółko przeglądał moje cycki, smarując je tym śluzowatym płynem.

Ktoś wszedł na mój brzuch, wspiął się po moim ciele i umieścił twardego kutasa między moimi nawilżonymi cyckami.

Jego ręce złączyły się z moimi piersiami, zamieniając je w cipkę gotową do pieprzenia.

Biodra mężczyzny zaczęły poruszać się tam iz powrotem w szalonym tempie.

Kutas w moich ustach zniknął bez wystrzeliwania ładunku do mojego gardła, a kutas w mojej dłoni został zastąpiony przez ognistą cipkę.

Ktoś pocałował mnie w usta, chyba kobieta, wsuwając język do mojego gardła.

Czułem, jak nasienie kapie z mojego tyłka i cipki.

Kutas, który pieprzył moje cycki, przyspieszył.

Ktoś uniósł moje nogi, odsłaniając moją cipkę.

Biczowali mnie mocno w dupę dziesięć razy, podczas gdy jedna ręka zajmowała miejsce na mojej cipce, masturbując mnie.

Kutas na mojej piersi zaczął z siłą pluć nasieniem.

Uderzyło mnie w twarz, a potem spadło na nią.

Musiał też dotrzeć do kobiety, która mnie całowała, ale to nie powstrzymało go przed włożeniem we mnie języka nawet na sekundę.

Już i tak zwiotczały członek odsunął się od moich cycków.

Całujące usta również się odsunęły, podobnie jak palec od mojej łechtaczki.

Przez chwilę po prostu leżałem, wyczerpany.

Minutę później opaska została zdjęta.

Dali mi ręcznik, a ja delikatnie się nim wytarłem, obserwując zebraną grupę.

Wśród nich był Paul, mój chłopak, który również brał w tym udział.

Zdałam sobie sprawę, że nie poznałam go wśród tych wszystkich osób, które sprawiają mi nieustającą przyjemność.

„Teraz podziękujesz każdemu z nas za tak miłe spędzenie czasu" – powiedział mi moderator „Ale zrobisz to w bardzo szczególny sposób".

Kilka chwil później całował cipkę każdej z kobiet.

Następnie wkładam do ust penisy każdego z mężczyzn, dziękując każdemu z nich.

Właśnie wtedy drzwi się otworzyły.

" Gdzie są wszyscy? "Powiedział nowicjusz" Cholera, chyba mam zły pokój! "

ULEGŁA LATYNOSKA

145

Julia otrzymała dalsze instrukcje w liście.

Była to biała koperta z wytłuszczonym napisem „Poufne".

Nogi Juliet zaczęły się trząść, zanim zdążyła otworzyć kopertę.

Przypomniał sobie wczorajszą rozmowę z Paulem.

Jaki będzie twój następny śmiały plan?

Z ich związku w ciągu ostatnich kilku miesięcy zdobywała nowe spojrzenie na siebie i swoją seksualność.

Zanim Paul został przedstawiony, myślał, że dużo wie o seksie.

Ale od czasu jej związku z Paulem zaczęła robić wiele rzeczy, o których wcześniej nawet nie śniła.

Zapomniała o wielu swoich błędnych przekonaniach na swój temat.

Przed spotkaniem z Paulem myślała, że jest w pełni usatysfakcjonowana seksem.

Szybko jednak zdała sobie sprawę, że nie jest zadowolona z tego, co robi.

Zawiązał jej oczy podczas ich drugiej randki.

Julieta nigdy by nie pomyślała, jak wrażliwe może stać się nasze ciało, gdy nie widzimy.

Dotknięcie każdej kończyny nie dawało żadnych objawów i ogarnęła ją ciekawość, który punkt na jej ciele zostanie dotknięty jako następny.

Czuł, że każdy dotyk jego ciała powinien trwać wiecznie, i starał się cieszyć każdym dotykiem.

Następnym razem Paul przywiązał swoje kończyny do łóżka.

Poczucie, że jesteśmy bezradni emocjonalnie, kiedy widzimy własne nagie ciało, cieszy się nim nasz partner i nie możemy nic zrobić, nie możemy się oprzeć, sami nie możemy niczego uniknąć, to jest zupełnie inne uczucie.

Używasz jej pięknego, młodzieńczego ciała, jak chcesz, na twoich oczach... i po prostu chcesz poczuć, co ci zrobi.

Mieszane uczucia bezradności i podniecenia.

Ciągle grali w te nowe gry, a ona cieszyła się nimi w pełni, doceniając kreatywność Paula.

Co ciekawe, Juliet, która uważała, że jej natura jest agresywna i dominująca, z łatwością rezygnuje z Paula w grze romantycznej.

Mało tego, uwielbiała oddawać się całkowicie, oddawać mu swoje ciało, robić to, co on by robił, robić to, co jej kazał.

Zaczynała czuć, że ktoś powinien ją zdominować, zmusić do wszystkiego.

Ta zmiana w jej charakterze zaskoczyła ją.

Zeszłej nocy Paul powiedział, że jutrzejsza śmiałość będzie kulminacją dotychczasowej gry.

– Słyszysz wszystko, co mówię, prawda? Zapytał.

Uległość przyszła do niej po prostu prosząc.

– Tak, Panie, zrobię, co mi każesz – odpowiedziała cicho.

Mogła mówić bardzo cicho, ale to odkrycie zaczęło się dopiero, gdy poznała Paula.

„W takim razie jutro otrzymasz list w swoim biurze. Ten list będzie zawierał dalsze instrukcje dla ciebie".

... a teraz naprawdę miał ten list w ręku!

Drżącymi rękami złamał pieczęć na liście.

Co miałoby być na nim napisane?

Jaki będzie następny śmiały plan Paula?

Co miałbym dziś dla niego zrobić?

Trochę przestraszona, trochę zawstydzona, zaczęła wyjmować białą kartkę z koperty, patrzeć i czytać...

"Niewolnik

1. Przygotuj się na dzisiejszy mecz o ósmej, bądź odważny.

2. Powinnaś ubrać się tak: miękkie czerwone spodnie, dopasowana bluzka, dopasowane majtki-biustonosz, złote kolczyki w uszach, srebrny pasek i buty na wysokim obcasie.

3. Mercedes przyjedzie po ciebie o ósmej. Kierowca będzie wiedział, gdzie jechać. Więcej wskazówek udzieli później. Tak jak teraz

postępujesz zgodnie z moimi instrukcjami, musisz także postępować zgodnie z jego instrukcjami w nocy.

4. Ponadto nie weźmiesz niczego innego, ponieważ nie będziesz tego potrzebować. Nie potrzebujesz torby ani niczego innego. "

Pierś Juliety pulsowała z podniecenia, dopóki nie skończyła czytać instrukcji.

Podekscytowana tym, co się dzisiaj wydarzy, zaczęła się moczyć.

Paul, dress code, ósma wieczorem, kierowca mercedesa... nic więcej.

Zawsze potrafił odwrócić jej uwagę w pracy.

Trochę strachu, trochę ekscytacji, trochę zabawy, dużo ciekawości...

Do tej pory, jakkolwiek odważne były ich gry, rozgrywano je w „prywatnych" lokacjach.

Czasami w domu Julii, czasami w mieszkaniu Paula, a raz w hotelu.

Ale sama poddałaby się Paulowi... ale dzisiaj spotkałaby trzecią osobę, kierowcę tego mercedesa!

Czy Paul dał kierowcy jakieś odważne instrukcje?

Paul powiedział, że musisz słuchać wszystkiego, co mówi kierowca

...

Co się stanie, jeśli kierowca poprosi ją o zdjęcie ubrania w samochodzie?

A może poprosi ją, żeby go pocałowała, siedząc w samochodzie?

Lub jeśli przechylisz go podczas jazdy ... ??? o Boże

Dlaczego wyznała to wszystko Paulowi?

Czy popełniła błąd, ufając mu tak bardzo?

Z jednej strony, mając takie wątpliwości, wierzyła też, że Paweł nie dopuści do sytuacji, która naraziłaby ją na niebezpieczeństwo.

Uśmiechnęła się do siebie, zdając sobie sprawę, że wizja kierowcy zmuszającego ją do rozebrania była równie przerażająca, co ekscytująca.

O ósmej Juliet trzy razy się ubierała i rozbierała.

Na początku nosił czerwone spodnie, ale nie były miękkie.

Dobrze tak wyglądam, dlaczego miałbym poświęcać mu tyle uwagi...

Mówiąc to, nie zdając sobie z tego sprawy, zdjął spodnie i rozejrzał się za delikatniejszą czerwienią.

Potem zaczął szukać złotych kolczyków.

Nigdy nie miał okazji założyć tych kolczyków, tak jak nosił dżinsy i T-shirt, ale Paul raz czy dwa powiedział, że bardzo mu się podobają.

Co dziwne, nie pamiętała, kiedy powiedziała Paulowi, że ma srebrny pas.

Ale napisał to samo w swoim liście, więc musiał wiedzieć, to na pewno.

Doceniając mentalnie jego inteligencję ...

... Zegar wybił ósmą i na drodze zatrąbił samochód.

Julieta zbiegła po schodach i wyjrzała przez wizjer w drzwiach wejściowych.

Przed bramą stał długi czarny mercedes.

Zdjęła torbę z ramienia i rzuciła ją na sofę w holu, zamknęła frontowe drzwi, otworzyła bramę i podeszła do mercedesa.

Umundurowany kierowca otworzył mu tylne drzwi.

Kierowca był w średnim wieku i wyglądał na wykształconego.

Siedziała w środku, zastanawiając się, czy już dałby jej jakieś instrukcje.

kierowca bardzo grzecznie zamknął drzwi, usiadł i uruchomił silnik.

Zgodnie z oczekiwaniami jazda mercedesem była naprawdę wygodna, ale jemu to nie przeszkadzało.

Teraz ten kierowca powie Ci, co masz robić, jak i czy naprawdę chcesz słuchać tego, co mówi...

Wiele z tych myśli kłębiło się w jego głowie.

Mercedes pędził przez ruchliwe ulice miasta.

Stopniowo otaczający ruch uliczny stawał się coraz mniej gęsty i zdał sobie sprawę, że opuścili miasto i wjechali do strefy przemysłowej.

Fabryki i biurowce po obu stronach wąskiej uliczki nie wydawały się znajome.

Nagle kierowca zwolnił mercedesa i wjechał na parking, który wyglądał na opuszczony.

Chociaż prędkość pojazdu była wystarczająco niska, aby wjechać z głównej drogi, nie była wystarczająco niska, aby odczytać litery na znaku na zewnątrz działki.

Na działce Juliet widzi chatę Vigilante ze starymi, zniszczonymi drzwiami.

Kierowca zatrzymał samochód i wysiadł.

Wrócił i otworzył drzwi Julii.

Gdy tylko wyszła, zamknął drzwi, złapał ją za szyję i zaprowadził do zawalonej kabiny Vigilante.

Juliet nie słyszała jeszcze głosu kierowcy.

Ta kabina o wymiarach cztery na cztery stopy miała ladę z przodu.

Młody mężczyzna siedzący przy ladzie powiedział do kierowcy:

„Dzięki przyjacielu, do zobaczenia następnym razem".

Kierowca tylko się uśmiechnął, szybko odwrócił i odjechał.

Teraz Julieta była sama przed tym nieznanym, ale przystojnym młodzieńcem.

W jego uśmiechu była jakaś magia.

- Juliet, czyż nie masz na imię? Chodź za mną - rozkazał młody człowiek.

Juliet podążyła za nim ostrożnie.

Obaj weszli do pomieszczenia przypominającego biuro na tyłach na wpół zrujnowanego budynku.

W pokoju nie było nic poza stołem i krzesłami w rogu.

„Czy jesteś gotowa na dzisiejszą wyjątkową przygodę Juliet?" Zapytał poważniejąc.

- Uhm? Może... - Juliet zaczęła się trochę denerwować.

- Cóż - powiedział, uśmiechając się tajemniczo - do wszystkich, którzy dziś wieczorem wydadzą ci instrukcje, będziesz ich uważnie przestrzegać. Bez żadnych wątpliwości... i nikogo nie pytając. Niektóre sugestie będą dziwne lub dziwne, ale uwierz mi, ty będzie szczęśliwszy.

jeśli zastosujesz się do instrukcji. Następnie rób to, co ci każą, bez wstydu, strachu i strachu. "

"Dobrze. Co mam zrobić?" – spytała stanowczo Julia.

Patrząc na seksowne ciało Julii, powiedział:

- Posłuchaj więc. Najpierw zdejmij ubranie.

"Wszystko?" – spytała niepewnie Julia.

„Nie", powiedziała z figlarnym uśmiechem, „zdejmij wszystko oprócz majtek, kolczyków, srebrnego paska i szpilek".

Juliet nie wiedziała, czy dobrze usłyszała instrukcje.

Dał mu instrukcje bardzo jasnymi słowami i podniesionym głosem.

Juliet czuła jednak, że nie był w stanie tego powiedzieć.

Nawet po przetrawieniu jego sugestii z wielkim trudem wciąż czekała, aż wyjdzie z pokoju...

Uznała, że powinna przynajmniej odwrócić się od niego plecami.

Oczywiście Juliet wiedziała, że wiele oczekuje, ale mimo to...

W przypływie wściekłości ściągnął spodnie, zostawiając zapięty pasek.

Rozpięła pierwszy guzik bluzki i spojrzała na niego, by pokazać mu, że nie jesteś w gorszej sytuacji.

Ale gdy tylko zauważyła, że jej wzrok ześlizguje się w dół, gdy usuwała kolejny guzik, niechcący spojrzała na siebie.

Zawstydziła się, widząc bardzo ciasny, miękki różowy stanik, który był wyraźnie widoczny po tym, jak dwa guziki zsunęły się z góry.

Jej mięsiste, miękkie piersi usiłujące wydostać się z niego.

Podekscytowana zaczęła coraz mocniej oddychać, a jej już pulchne piersi zdawały się puchnąć.

Nie tracąc więcej czasu, rozpięła wszystkie brakujące guziki bluzki.

Gdy tylko zdjął spodnie z jej stóp, spojrzała na niego i obiema rękami ściągnęła obcisłą bluzkę.

Następnie odpychając je i oczywiście jeszcze bardziej napinając swój duży i piękny biust, zdjęła również haczyki stanika.

Ale przez kilka chwil pozostała w tej samej pozie i patrzyła na niego.

Zrobił krok do przodu, patrząc na jej nabrzmiałe piersi.

Zdając sobie sprawę, że nie ma ucieczki, Juliet przewróciła oczami, wzięła głęboki oddech i obiema rękami powoli zdjęła stanik.

Nie miała teraz odwagi spojrzeć mu w oczy.

A potem zdał sobie sprawę, że wciąż czeka, aż wyjdzie lub odwróci się do niego plecami.

Ale mogła sama się odwrócić, kiedy rozbierała się przed tym dziwnym młodzieńcem!

Ale ona bezczelnie zdjęła z siebie ubranie jedno po drugim na jego oczach...

Ta myśl zawstydziła ją jeszcze bardziej.

- Złóż ubrania i połóż je na stole - Julieta odzyskała przytomność po jego kolejnej sugestii.

Otworzyła oczy, ale unikając jego wzroku, podniosła spodnie, bluzkę i stanik, które spływały jej po nogach, i podeszła do stołu.

Złożyła je ostrożnie, położyła na stole i stanęła przed nim, ale nie daleko z tyłu.

– A teraz odwróć się i stań z obiema rękami do tyłu – ponownie poinstruował poważnym głosem.

Teraz, odwracając się plecami, zastanawiając się, do czego to będzie, odwróciła się i machnęła obiema rękami do tyłu, jakby bardzo się rozleniwiła.

Kiwnęła głową, czując, że zbliża się do niej.

Jej delikatne nadgarstki dotykał zimny metal, gdy myślała o tym, co będzie dalej.

Co to za nowość, zapytała, aż coś kliknęło i obie ręce znalazły się w tej samej pozie, którą jej powiedział.

O Boże. Jesteś tu w nieznanym miejscu, z nieznanym mężczyzną, w tej chwili, w takim stanie... a teraz tak bezbronnym!!

Mało ubrań na ciele, brak telefonu w pobliżu, brak torby...

Do czego miałyby służyć?

Obie ręce były uwięzione w kajdanach od tyłu.

Paula nie widać.

A ten dziwny, ale przystojny młodzieniec zbliża się do ciebie tak bardzo... Głupi!

Jesteś głupia, Julio.

Dlaczego ludzie tak ślepo wierzą?

I to także w osobie takiej jak Paul... jak dobrze go znasz?

Co się teraz z tobą stanie.

Boże, co ja zrobiłem...

– Chodź – powiedział, nie czekając, aż zacznie chodzić, ale trzymając ją za kajdany i idąc w kierunku drzwi.

Nie było sensu protestować.

Gdy tylko znalazła się za drzwiami, podmuch zimnego powietrza ogarnął Juliet i łzy napłynęły jej do oczu.

Szedł ciężkimi krokami.

Prawie zaciągnął ją na ciemny parking.

W takim półnagim stanie też czuł wsparcie tamtej ciemności, ale...

Ale co to jest?

Wstyd własnego półnagiego ciała, własnej bezsilności, mimowolnego towarzystwa tego młodego nieznajomego, gdy się bała, także podniecał ją bezradnie.

Wstydziła się odczuwać słodkie doznania zakryte przez jedyne ubranie, jakie zostało na jej ciele.

Nie wiedziała dokładnie, o czym myślisz.

Mimo że jej ciało było zimne, było jej ciepło, gdy wychodziła z pokoju na parking, czując dotyk swojego ciała, kiedy szła, i mocny uścisk drążka szekli.

Jej sutki z ciemnej czekolady zacisnęły się i zaczęły boleć od zimnego powietrza.

Wyglądało na to, że bardzo mocno trzymał drążek obiema rękami... ale ona miała obie ręce uwięzione za plecami.

A co by się z nim stało, gdyby miał obie ręce wolne.

Gdyby uszczypnął jej sztywne sutki z taką samą siłą, z jaką trzymał sztangę...

Juliet była strasznie zaskoczona własnymi myślami.

O czym myślałeś kilka chwil temu?

Z powodu tej bezsilności, wstydu, łzy napłynęły jej do oczu.

Teraz dotyk skalistej dłoni tego nieznanego człowieka powinien dotknąć naszej najbardziej intymnej części, myśli... lub pragnienia...

Bóg!

Co mi się stało

Jakie myśli przychodzą Ci do głowy?

Paul, gdzie jesteś, zły?

Ty... to ty mnie tak zrobiłeś!

Czy jutro będę mogła spojrzeć w lustro, czy nie?

Na końcu parkingu znajdowała się mała brama.

Nieznajomy otworzył drzwi i wepchnął Juliet do środka.

To było jak wielka pusta komora.

Julieta zmrużyła oczy i spróbowała się rozejrzeć, ale było ciemno, z wyjątkiem lampy wiszącej na środku pokoju.

Podniósł ją ponownie i umieścił pod lampą.

Jej piękne ciało, które tak długo było pogrążone w ciemności, zostało ponownie odsłonięte.

Zawstydzona i nagle światło w jej oczach, mocno otarła oczy.

Kilka chwil upłynęło w skrajnej ciszy.

Nie ma ruchu, nie ma ruchu.

Ciekawe czy mnie tu zostawił...

Poczuła, jak jego dotyk muska jej liniową talię.

Raz czy dwa dotyk powoli przesunął się z obu stron jej talii do pach, a potem zsunął się w dół i zsunął po brzegach jej majtek.

Julieta mocno przetarła oczy, jakby wiedziała, co będzie dalej.

Palce obu dłoni ściągnęły brzegi jej różowych majtek.

Jej majtki zaczepiły się, gdy dosięgły jej ud.

Z rękami związanymi za plecami nie mógł nic zrobić.

Palce jego lewej ręki wysuwały się z tyłu z władczą siłą i zaczęły opuszczać przód jej majtek, szczypać je, dotykać jej mokrej pochwy.

W następnej chwili ostatnia część jego ciała, choć tylko nominalnie, spadła mu do stóp.

– Odłóż je na bok – jego potężny głos odbił się echem w tej pustce.

Bez zastanowienia wypuścił jej nogi z majtek.

Teraz była zupełnie naga, naga, naga.

Nie wspominając już o tym, że na jej przystojnym ciele zostało kilka rzeczy: kolczyki, srebrny pasek i szpilki.

Oczywiście nic z tego nie uchroniło jej przed zakłopotaniem, ale zaczęła myśleć o sobie w obliczu sytuacji, w której się znalazła.

– Nie ruszaj się – powiedziała, wydając kolejny rozkaz.

Chociaż Juliet otworzyła teraz oczy, nie chciała mu się sprzeciwić.

Myśląc o tym, co robi, usłyszał, jak coś pcha.

Spojrzała w prawo i zobaczyła go.

Pchał w jej kierunku coś na kółkach.

To był stół.

Stół był mniej więcej do pasa.

W poprzek stołu przewieszono skórzane pasy.

Postawił stół tuż przed nią.

Potem, ponownie ją okrążając, popchnął ją do przodu i pochylił nad stołem.

– Rozłóż stopy, Juliet – rozkazał.

Posłusznie przesunęła obie nogi lekko na bok.

– Jeszcze więcej – krzyknął, a ona stanęła z szeroko rozstawionymi nogami.

Teraz jej mokra pochwa dotykała skóry na stole.

Gdy tylko jej nogi spotkały się z nogami stołu, mocno związał jej obie nogi skórzanymi paskami.

Teraz nie mógł się ruszyć.

Otoczył ją i uwolnił jej ręce z kajdan.

Uśmiechnął się i stanął przed nią.

Kiedy spojrzała na swoje nagie ciało, oczy Juliet automatycznie spuściły się w zakłopotaniu.

Ciągle wydawał polecenia.

„Połóż się i dotknij palcami stóp".

Kiedy się pochyliła, pochylił się do przodu i przywiązał jej ręce do nóg.

Bez względu na to, jak bardzo była odważna, Juliet była przerażona tym stanem bezradności.

Na tym etapie nie była w stanie samodzielnie się poruszać.

Jej mokra pochwa i pełne pośladki były całkowicie odsłonięte przed "tym" nieznajomym.

Nie tylko to, ale jej pochwa, a nawet otwór w dupie musiały być dla niego teraz widoczne.

Próbowała kontrolować swój oddech, zastanawiając się, co zrobi dalej.

Przez chwilę nie zauważyła żadnego ruchu z jego strony, ale potem zdała sobie sprawę, że jest bardzo blisko za nią.

A jednocześnie poczuł bardzo znajomy dotyk, ale w nieoczekiwanym miejscu...

Wazelina! Tak, to była wazelina.

Pokrytym palcem wtarł wazelinę w jej tylną dziurkę.

Rozprowadzał go wokół niej przez chwilę, a następnie włożył palec do jej odbytu.

Julia na chwilę wstrzymała oddech.

Przed spotkaniem z Paulem nie była świadoma innego niż zwykle zastosowania jej otworu analnego.

Była zdenerwowana, gdy widziała seks analny w filmie porno z Paulem.

Krzyczał na Paula i zmuszał go do opuszczenia sceny.

Ale kiedy już przywiązał jej ręce i nogi do łóżka i nauczył ją płci dominującej, mimo jej sprzeciwu włożył gumową zatyczkę do jej odbytu.

Juliet, która początkowo krzyczała, szybko zaakceptowała ten rodzaj zabawy.

Potem za każdym razem, gdy Paul schodził na dół, żeby wylizać jej pochwę, zaczynała go błagać, żeby włożył co najmniej jeden palec za nią.

W rzeczywistości Paul bardzo lubił to robić, ale tylko po to, by zdenerwować Juliet, przypominał jej o swoim odrzuceniu i obrzydzeniu...

Ale dzisiaj, gdy palec tego nieznanego mężczyzny swobodnie krążył po jego kroczu i odbycie, miał wiele emocji na głowie.

Była wściekła na własną bezsilność.

Intruz irytował go rażącym postępem.

Nienawidziła Paula za to, że postawił ją w takiej sytuacji.

Łzy napłynęły jej do oczu z bólu, gdy jej palec wszedł do środka.

Jednocześnie była podniecona, gdy zdała sobie sprawę, że palec obcej osoby porusza się w jej odbycie w dziwnym miejscu.

Po pewnym czasie wsuwania i wyjmowania palca z jej dziurki, na siłę włożył grubą gumową zatyczkę do jej dziurki.

Chociaż wazelina nieco zmniejszyła dyskomfort, rozmiar korka był znacznie większy niż rozmiar jego otworu.

Ale Juliet nie mogła zrobić nic innego, jak tylko zaprotestować.

Juliet próbowała powstrzymać płacz i wziąć głęboki oddech, w tym momencie...

Kiedy wtyczka była całkowicie włożona do środka, mocno uderzył ją w obolały tyłek i odsunął się od niej.

Dosłownie stłumiony krzyk Juliet nastąpił po dźwięku „trzasku", który rozbrzmiał w całym pokoju.

W tym momencie bardzo się rozgniewał na Pawła.

Musiał powiedzieć nieznajomemu kilka rzeczy, które są bardzo prywatne między nimi dwoma.

Oczywiście!

Poza tym skąd ten mężczyzna mógł wiedzieć, że Juliet, która zawsze rządzi w pracy, lubi być dominowana w seksie?

Chociaż płakała, gdy jej palec przesuwał się po jej odbycie, musiała wiedzieć, że uwielbia być szturchana palcem.

A teraz, nie martwiąc się fizycznym bólem, przez który przechodziła i nie przewidując, jaka będzie jej reakcja, była przekonana, że Paul musiał jej wszystko powiedzieć z powodu siły, z jaką ją uderzył.

Paul nauczył ją również sztuczki uśmierzania skrajnego bólu.

W świecie zewnętrznym Juliet nie mogła znieść donośnego głosu mężczyzny stojącego przed nią.

Ale w tym prywatnym świecie jej największą fantazją było to, że ktoś mógłby ją torturować, zmusić fizycznie.

Korzystając z tej informacji, rozzłościł się i jednocześnie bardzo podekscytował, gdy zorientował się, że ten człowiek bawi się jego ciałem.

Jednak z tymi wszystkimi myślami w głowie nadal rzucał w nią biczem.

Jej blade pośladki były teraz czerwonawe jak wiśnie i gorące jak diabli.

Po dziesięciu czy piętnastu uderzeniach odrzucił bat na bok i zaczął bić Juliet w czerwonawe pośladki.

Po wielu torturach Juliet zaczęła chcieć go przytulić.

Zatrzymał się i stanął przed nią właśnie wtedy, gdy chciała, by jego ręce przesunęły się tam jeszcze na chwilę.

Pochylając się i puszczając jej ręce, wyprostował ją.

Wziął jej delikatną dłoń w swoją i podniósł do góry.

Juliet zobaczyła mocną linę zwisającą z góry.

Ostrożnie związał jej obie ręce i owinął je liną.

Poślizgnął się i upadł na bok.

Lina była przywiązana przez most od dachu.

Odwiązał linę z uchwytu, wziął ją do ręki i zaczął mocno ciągnąć.

Ciało Juliet było wciągane i podnoszone z liną ciągnącą jej ramiona.

Juliet pozwalała mu ciągnąć swoje ciało bez żadnego oporu.

Kontynuował szarpanie liny, aż uniósł ją za obie pięty.

Teraz Juliet stała na czubkach swoich wysokich obcasów, kołysząc ciałem, ale nie zwisając.

Ponownie zawiązał koniec liny i stanął przed nią.

Cała klatka piersiowa Juliet była teraz wyprostowana, ponieważ miała uniesione obie ręce.

Patrząc z góry, jej własne sutki również wyglądały na nieco za bardzo ukośne.

A potem, obracając palcami po ciemnych kręgach wokół jej sutków, nagle chwycił obydwa spiczaste sutki i mocno pociągnął.

Krzycząc chętnie, Juliet potknęła się w miejscu, w którym stała.

Jej uda były również ograniczone w jej ruchach, ponieważ jej nogi były związane na dole, a ręce na górze.

Kontynuował ciągnięcie i uwalnianie jej sutków za pomocą szczypania palców.

Powoli Juliet znów zaczęła się ekscytować.

Otarła oczy, cofnęła szyję i przysunęła się do niego.

Wyglądało to tak, jakby chciał raz po raz tego bolesnego ukłucia.

Stamtąd wziął na palce niewielką ilość czerwonego kremu.

Delikatnie wtarł maść wokół jej sutków.

Ponownie zanurzył palce w tubce i nabrał jeszcze trochę śmietanki.

Teraz jego ręka opadła i zaczęła dotykać jej pochwy.

Odnajdując jej pochwę w jej delikatnych włosach, również tam posmarował kremem.

Potem wrócił i potarł kremową gumową zatyczką jej odbytu.

Julieta była bardzo podekscytowana dotykiem tego zimnego kremu na jej trzech „prywatnych" organach.

Ale po kilku sekundach zimny krem zaczął ją rozgrzewać.

I krok po kroku zaczęło swędzieć w miejscu, gdzie nakładał krem.

Bała się, żeby ktoś nie ściskał jej piersi.

Próbowała uwolnić ręce, by przycisnąć własne piersi, zacisnąć własne sztywne więzy.

W tej chwili potrzebowała swoich kamiennych palców, lizanych sutków i swędzącej pochwy ...

A jednocześnie poczuł dotyk tego wibrującego przedmiotu.

Paul dał jej średni wibrator, ale do tej pory nigdy nie używała go samodzielnie.

Paul sam z nią pracował przy wibratorze.

Ale teraz wibrator, który wszedł w jej swędzącą pochwę, wydawał się za duży.

Co więcej, jego wibracje wydawały się znacznie silniejsze, niż się spodziewałem.

Chociaż obie nogi były związane, rozciągała uda, żeby zrobić jak najwięcej miejsca dla wibratora.

Przeczołgał się cal, przewidując jej delikatną pochwę.

Jednak Juliet była tak podniecona kremem i całą sytuacją, że pchała całe swoje ciało do przodu i próbowała wprowadzić wibrator do środka.

Kiedy wziął gruby wibrator w całości, stał trzęsąc się cieszącz się jego wibracjami.

Obie nogi związane.

Strzelam ze związanymi obiema rękami.

W tak nieznanym miejscu Julia poczuła radość życia wisząc zupełnie bezbronna, naga, podekscytowana przed nieznajomym.

Ciasna zatyczka w jej odbycie i wibrator wypełniający jej pochwę.

Sutki podniecone przez ten czerwony krem na wierzchu.

Szczerze chciała, żeby nieznajomy ją gryzł, gryzł i miażdżył jej pulchne, mięsiste pośladki.

Czuł się tak, jakby dwa przedmioty w obu otworach wniknęły głęboko w jego ciało.

Nigdy nie przestał wpychać wibratora, ale sama Juliet próbowała go wciągnąć.

Zamykając obie dziury, ciągnąc nadgarstki i kostki do granic napięcia, rozciągnął całe ciało iz głośnym krzykiem osiągnął szczyt szczęścia.

Po raz pierwszy w życiu ta chwila trwała długo.

Mięśnie jej odbytu zaczęły się napinać, podczas gdy mięśnie pochwy słabły.

I zanim opadła pierwsza fala podniecenia, jej ciało znów zesztywniało.

Doświadczyła drugiego orgazmu z rzędu dzięki gumowej zatyczce włożonej do jej odbytu.

Doświadczała jednocześnie ogromnego bólu i przyjemności.

Powoli jej ciało zaczęło opadać i zamknęła oczy.

Jego twarz spoczywała na piersi w pozycji wiszącej.

Pochylił się do przodu i wyciągnął wibrator z jej pochwy.

Minęło trochę czasu, zanim jej organizm się zregenerował.

Potem zebrawszy trochę sił, uniósł szyję, otworzył oczy i...

... wszystkie światła w pokoju były włączone.

Pod jej spojrzeniem zobaczyła około piętnastu krzeseł, zaledwie dziesięć stóp od niej.

Patrzyła z niedowierzaniem na krzesła i oczywiście na siedzących na nich ludzi.

Byli tam mężczyźni po trzydziestce i pięćdziesiątce... i były kobiety.

Wszyscy spojrzeli na Julię z radością i podziwem.

Paul siedział na ostatnim krześle, patrząc na nią z dumą.

Cieszyłam się, że zobaczyłam Paula.

Ale potem przypomniał sobie swój własny stan i niedawne „wystawienie".

Zawstydzona spuściła szyję, ale nie mogła poruszyć rękami, by zakryć nagie ciało.

A przed czym miał się teraz ukrywać?

Po obejrzeniu całego „show"...

Z tymi wszystkimi myślami przebiegającymi jej przez głowę, poczuła za sobą muśnięcie zimnej wody.

Nieznajomy, który tak długo bawił się jej ciałem, „chłodził" ją fajką wodną w dłoni.

Nie miała wyboru, musiała pozwolić mu się wykąpać ze związanymi rękami i nogami.

Obracając jej nagie ciało, wykąpał ją całkowicie od stóp do głów.

Najpierw resztki rzęs na pośladkach, potem otarcia rąk i nóg od bandaża, piersi i sutki spuchnięte od kremu i jego obchodzenia się, w obu jej delikatnych porach, od których doznała nieoczekiwanego ataku z obu stron. kierunkach i na całym jej młodym i delikatnym ciele.

Naprawdę potrzebowałem tej zimnej wody!

Kiedy była już całkiem przemoczona, zakręciła kran i zrobiła krok do przodu, by rozluźnić uścisk na nogach.

Julieta rozłożyła swoje długie nogi i spróbowała wstać prosto.

Potem rozwiązał linę zwisającą nad nią i puścił jej ręce.

Zostawiając ją na chwilę samą, ponownie do niej podszedł.

Przysunął tylny stolik i posadził na nim Juliet.

W jego ciele nie było siły, w jego umyśle nie było pragnienia przeciwstawienia się któremukolwiek z jego działań!

Położył ją na stole i związał jej ręce.

Tym razem owinął paski wokół jej ud, nie zawiązując jej nóg w kostkach.

Pochwa Juliety była teraz bardziej otwarta niż wcześniej, z paskami przymocowanymi do haczyków po obu stronach stołu.

Teraz jej różowa pochwa była widoczna przed nią, a także gumowa zatyczka w tylnym otworze.

Zostawił ją w tym stanie na jakiś czas.

Teraz myśl o ludziach siedzących w pokoju i gapiących się na nią sprawiała, że czuła się zawstydzona i jednocześnie podniecona.

Pamiętając, że Paul też był obok niej, oparła się plecami o stół, czekając na kolejny atak...

A potem poczuła znajomy dotyk wibratora... najpierw na nogach, potem na pulchnych udach, potem na płaskim brzuchu, wokół pustych sutków, a potem powoli przesuwał się w górę na obu piersiach, na napiętych sutkach.

Nie mógł uwierzyć, że w tak krótkim czasie znów może się ekscytować.

Czuł, jak wydzielina z jej pochwy ścieka z jej wyczerpanych ud do jej własnego odbytu.

Była przytłoczona widokiem piętnastu czy dwudziestu nieznajomych, mężczyzn i kobiet, którzy się na nią gapili.

Zaniepokojona zaczęła wymawiać:

„Ach, ach!"

Nagle wibrator się wyłączył.

Podniecenie Juliet nie było już w jej ciele.

Zaczęła głośno krzyczeć, krzyczeć i wzywać nieznajomego, aby podszedł i kontynuował głaskanie jej wibratorem.

Musiało minąć kilka sekund, a potem poczuła bardzo nieznany i nieoczekiwany dotyk między dwoma udami...

Zaskoczona spojrzała tam i zobaczyła, że młody nieznajomy przesuwa długim językiem po jej pochwie.

Uśmiechnęła się i spojrzała na niego, po czym oparła się o stół i rozluźniła swoje ciało.

Nie był już dla niej obcy.

Inni mężczyźni i kobiety w pokoju nie istnieli dla niej.

Nie miał nawet myśli o Paulu w swojej głowie.

Czując dotyk długiego, mocnego języka młodzieńca, przewrócił oczami i położył się.

Podczas kolejnego orgazmu, na jej twarzy gościł szeroki uśmiech.

Jak długo lizała swoją pochwę, jak długo leżała na stole, czuwając czy śpiąc... Nie miałem pojęcia.

Wiedziała tylko tyle, że znów byli sami w pokoju, jej kończyny były wolne, gumowy zatyczka została usunięta z jej odbytu i położona obok stołu, a nieznajomy, który dał jej największy orgazm w swoim życiu , bez stosunku, grzecznie stanął przed nią.

Wstał powoli i wstał od stołu.

W rękach trzymał ubranie.

Teraz, gdy się ubierała, oparł się o nią... nie po to, żeby ją zawstydzić, ale żeby zapiąć jej ciasny stanik.

Uprzejmie pomógł jej też dokończyć ubieranie.

Po ubraniu zaprowadził Juliet z powrotem do chaty Obserwatora.

Ten sam czarny mercedes stał z przodu.

Kierowca mercedesa otworzył jej drzwi i zatrzymał się wyczekująco.

Julieta uśmiechnęła się na wspomnienie uprzejmości kierowcy.

Odwracając się, zapytał po raz pierwszy od spotkania z „nieznajomym",

"Jak masz na imię?"

Uśmiechnął się.

Wziął jej dłoń, ścisnął ją bliżej i powiedział:

„Moje imię nie jest ważne".

Potem tylko się uśmiechnęła i powiedziała „Dziękuję" i ruszyła w stronę samochodu.

Paul czekał na nią na tylnym siedzeniu samochodu.

Gdy tylko wszedł, Juliet przytuliła Paula w ramionach.

Paul czule poklepał go po głowie i skinął na kierowcę, żeby uruchomił samochód.

Czarny mercedes znów zaczął biec wąskimi uliczkami strefy przemysłowej w stronę ruchliwego miasta.

Paul wziął kamerę wideo, którą odłożył na bok, zbliżył jej ekran do Juliet i powiedział:

„Wszystko, co zrobiłeś, odkąd wysiadłeś z samochodu... lub wszystko, co ci zrobiono, jest w tym filmie. Jaki jesteś odważny”.

Julia odpoczywała w jego ramionach.

Uśmiech na jej twarzy i satysfakcja mówiły za nią, nie musiała mówić nic więcej.

Pozwalając jej odpocząć w samochodzie, Paul ponownie ją poklepał i wpatrywał się w taśmę jej odwagi.

Dzisiejszy plan się powiódł.

Byłem szczęśliwy i podekscytowany, że wkrótce będę gotowy na kolejną niesamowitą przygodę...

KONIEC